dtv

Der weltberühmte Autor eines Kultbuchs verschwindet plötzlich aus der Öffentlichkeit und verstummt. Und alle, Leser und Verleger, warten weiter auf das gigantische neue Werk, das er einst verheißen hat. Währenddessen zieht sich der Meister unerkannt in die Ewige Stadt zurück und widmet sich seiner zweiten Leidenschaft: dem Sammeln von Uhren. Mit unerschöpflichem, hintersinnigem Witz lockt Rosendorfer uns in seine Parodie auf den Mythos der Entstehung von Literatur und auf den Literaturbetrieb.

Herbert Rosendorfer, am 19. Februar 1934 in Bozen geboren, ist promovierter Jurist und Professor für bayerische Literatur. Er war Gerichtsassessor in Bayreuth, dann Staatsanwalt und ab 1967 Richter in München, von 1993 bis 1997 in Naumburg/Saale. Seit 1969 zahlreiche Veröffentlichungen, unter denen die ›Briefe in die chinesische Vergangenheit‹ am bekanntesten geworden sind.

Herbert Rosendorfer

Ein Liebhaber ungerader Zahlen

Eine Zeitspanne

Deutscher Taschenbuch Verlag

Dieses Buch liegt auch im Normaldruck als Band 12307
im Deutschen Taschenbuch Verlag vor.

Ungekürzte Ausgabe
Juni 1999
Deutscher Taschenbuch Verlag GmbH & Co. KG,
München

Vom Autor neu durchgesehen 1997
Umschlagkonzept: Balk & Brumshagen
Umschlagbild: Ausschnitt der Zeichnung
›Das Festmahl von Dido und Aeneas‹
von Perino del Vaga (1501–1547)
Gesetzt aus der Stempel Garamond 12/14· (3B2)
Gesamtherstellung: C. H. Beck'sche Buchdruckerei,
Nördlingen
Gedruckt auf säurefreiem, chlorfrei gebleichtem Papier
Printed in Germany · ISBN 3-423-25152-2

I

Vor mehr als zehn Jahren war Pagenandt, ein mißmutiger Drogist aus Weiden in der Oberpfalz, das letzte Mal nach Tivoli hinaufgefahren. Damals war der Omnibus vom Platz neben dem Thermenmuseum abgegangen, weshalb sich Pagenandt auch jetzt von seinem Quartier aus – Hotel konnte man das nicht nennen, nicht einmal Pension – dorthin wandte, aber er mußte bemerken, daß es den Omnibusbahnhof nicht mehr gab. Pagenandt, schon schwitzend, ging zurück zur Piazza Esedra und fragte einen ebenfalls mißmutigen, an seiner Zigarette zutzelnden Losverkäufer unter den Arkaden des Platzes und erfuhr, daß er zunächst mit der *Metropolitana* nach Rebibbia hinausfahren müsse, was die Endstation sei, um dort den ACOTRAL-Bus nach Tivoli zu finden.

Was der Losverkäufer entweder nicht wußte oder – weil Pagenandt selbstverständlich kein Los kaufte – verschwieg, war, daß es *zwei* Busse gab. Pagenandt nahm den falschen: nach Tivoli. Er hätte den Bus *Tivoli via Villa Adriana* nehmen müssen; ein verzeihlicher Irrtum angesichts des

Durcheinanders auf dem höchst provisorischen, unschönen Staubareal, wo hundert teils brummende, teils nur stinkende blaue ACOTRAL-Busse für alle möglichen Richtungen herumstanden. Der direkte Bus, den Pagenandt irrtümlich also nahm, fuhr nicht an die Villa Adriana, sondern unten vorbei durch die Bagni di Tivoli. Pagenandt, immerhin soweit ortskundig, merkte es rechtzeitig und stieg hier aus; beschloß – was blieb ihm anderes übrig? –, zu Fuß zur Villa Adriana zu gehen; beflügelt vom Gedanken an den Marmor.

Die Straße war heiß, rot und staubig. Pagenandt dachte an ein Purgatorium. Im ersten Moment war es ihm durch den Kopf geschossen: die Vorhölle, denn die Hitze hier in der engen, gewundenen, leicht aufwärts führenden Straße ließ die Assoziation *Hölle* wie von selber aufkommen, außerdem roch es stark nach Schwefel, aber, so sagte sich Pagenandt, eine Vorhölle ist der Porticus zur Hölle, und was hier nach diesem Glutofen folgt, ist eher paradiesisch: der Große Palast, die Ruinen des Weltwunders, die Laune des Großen Imperators, Marmor, um den es nach Pinien und Taxus duftet. Also nicht Vorhölle, sondern Purgatorium.

Der Weg durch das Purgatorium war reizlos. Hellbraune oder ockergelbe, meist verwahrloste Häuser säumten die Straße in eher lockerer Reihe. In ungepflegten, verstaubten Vorgärten wuchsen mühsam Zierpflanzen, nur die starken Eisengitter, die elektronischen Sicherheitsvorkehrungen, die gewaltigen Vielfachschlösser an den Türen waren gepflegt und geölt und zeigten, daß auch hier die wahrscheinlich berechtigte Angst vor Einbruch und Diebstahl umging. Jedes Paradies wird verleidet, wußte Pagenandt; dieses hier durch das Netz von Unsicherheit, das einen umgibt, durch das Mißtrauen, das man ständig hegen muß. Pagenandt hatte immer alle seine Wertgegenstände bei sich: seinen Paß, seine Scheckkarte, seine Uhr (vom Vater geerbt), sein Bargeld. Es handelte sich bei der Uhr, dies vorweg, um eine Taschenuhr, und zwar um eine eigenartige.

Pagenandt trug immer alles bei sich. Das hatte den Vorteil, daß ihm in seinem Quartier nichts gestohlen werden konnte. Dort ließ er nur, zu einem Bündel zusammengerollt, seinen grauen Flanell-Pyjama zurück, seine zweite Hose, die er unter die Matratze legte, so daß sie sich quasi von selber bügelte, und das zweite Paar Schuhe. Diese Dinge, rechnete sich Pagenandt aus, werde wohl niemand stehlen. Seine übrigen Vorräte, nämlich zwei weitere Paar violetter Socken, zwei Unterhosen, ein Netzunterhemd, dazu das Rasierzeug, Zahnbürste, Zahnpasta und sogar die Eß- und Trinkvorräte führte Pagenandt zur Vorsicht in seinem Rucksack mit sich. Die wertvollsten Gegenstände trug er in einem Brustbeutel. Stets witterte er nach allen Seiten. Es machte sich bezahlt, denn er war bisher fast nie bestohlen worden.

Man muß, sagte sich Pagenandt, die äußeren Unannehmlichkeiten, also die Hitze, die Anstrengung, das Gehen, die Angst, den Dampf unter dem Kleppermantel, die unbestreitbare Tatsache, daß die Erscheinung des ältlichen Drogisten Pagenandt aus Weiden in der Oberpfalz im Kleppermantel über dem Rucksack stark komisch wirkte, man muß das alles von dem Anderen trennen. Man muß geistig sein können. Das Andere: das ist das Geistige, das Erhabene. Das Schöne. Das Schöne ist autonom. Es berührt das Schöne nicht, ob einer es bewundert, der mit kühl gewaschenen Händen im klimatisierten Sechszylinder herangefahren kommt, der womöglich vorher im *Caffè Greco* einen Aperitif zu sich genommen hat und seine Wertsachen im Safe des *Le Grand Hotel et de Rome* verwahrt, oder ein Verschwitzter mit Rucksack und Kleppermantel. Pagenandt war nur einmal durch das *Caffè Greco* gegangen, im Kleppermantel. Der Kellner hatte über ihn hinweggesehen. Im *Le Grand Hotel et de Rome* war Pagenandt auch nur einmal gewesen, weil er meinte, man müsse es gesehen haben. Er ging in die Halle, schaute sich um, als ob er jemanden suche. Die acht oder zehn betreßten Hoteldiener hatten sofort ihre Blicke auf ihn zentriert, wohl um zu beobachten, ob er nicht einen Aschenbecher oder sowas mitnehme. Nein. Pagenandt stahl nichts. Pagenandt war froh, wenn ihm nichts gestohlen wurde.

Es roch, wie gesagt, nach Schwefel. Die Bagni di Tivoli sind Schwefelbäder. Der Ort besteht nur aus einer Ansammlung von Zivilisationsexkrementen: Mülltonnen, elektrischen Leitungen, Zeitungskiosken, dazu: Auto, unzählige Auto, wie überall in Italien, so geparkt, daß auch der schlankste Fußgänger nicht das Trottoir entlanggehen kann. Ein Trottoir ist für den italienischen Autofahrer Parkplatz. Frauen mit Kinderwägen oder Behinderte in Rollstühlen müssen eben sehen, wo sie bleiben. Die rigorose Auslese wird eine blechresistente Rasse hervorbringen. Alle, die keine Kinderwägen schieben und nicht im Rollstuhl fahren, sind selber Autofahrer und haben volles Verständnis dafür, daß man auf dem Trottoir bis auf einen Zentimeter zur Hauswand hin parkt. Die seltsame Unlogik, daß damit die Autofahrer auf der Straße durch die Masse der Fußgänger im Fortkommen behindert werden, wird offensichtlich übersehen. Pagenandt hatte schon bei früheren Aufenthalten in Italien mit dem Gedanken gespielt, stets einen Hammer mit sich zu führen, etwa einen Hammer, der am Stiel ein Loch hat, durch das man eine Lederschlaufe ziehen kann, mit der man den Hammer am Gelenk befestigt: und mit dem Hammer in jedes so geparkte Auto eine Delle zu hauen. Das Gewicht eines Hammers ließ Pagenandt von dem Plan abkommen. »Außerdem«, sagte sich Pagenandt, »*mein* Trottoir ist es nicht.«

Er witterte um sich. Offenbar war die Gefahr hier nicht groß. Pagenandt wagte den Kleppermantel auszuziehen und zusammenzurollen, und er steckte ihn zwischen Rucksack und Rükken. Die Mantelrolle hing seitlich links wie rechts fast bis zum Boden herunter. Es war ein sehr langer Mantel, ein alter Kleppermantel, ein Kleppermantel, wie es ihn heute überhaupt nicht mehr gibt. Pagenandts im Krieg gefallener Vater, Drogist auch er und dazu Alpinist, hatte den Kleppermantel im Jahr gekauft, als Baron Hünefeld im Flugzeug den Atlantik entgegen Lindberghs Richtung überquerte. Der Kleppermantel, jedenfalls dieses Stück, das Pagenandt benutzte, war kein Kleidungsstück, es war schon eine Art Behausung. Innen fanden sich Schlaufen, mit denen man ihn an der Lenkstange eines Fahrrades befestigen konnte, das Fahrrad so in ein rollendes Zelt verwandelnd. Schlaufen am unteren Rand ermöglichten die Umgestaltung des Kleppermantels in eine weite Pluderhose, wenn man diese Schlaufen um die Füße schnallte. Der Dampfabzug des mit schwerem

Gummi bezogenen Mantels erfolgte durch eine Art Kamin am Rücken und durch eingenähte, nahezu gußeisenstarre Gitterkonstruktionen unter den Achseln. Ein Mantel für Generationen. Dem Kleppermantel beigefügt war eine Kleppermütze: grau, mit Gummizug hinten, eine Schildmütze ohne Schild. Pagenandt setzte die Mütze auf, denn die Sonne brannte. Pagenandt hatte eine empfindliche Glatze. Wer so eine Mütze aufhat, ist nur schwer von einem Idioten zu unterscheiden. Pagenandt kümmerte das nicht.

Nach einigen hundert Metern ließ der Schwefelgeruch nach. In einer Drogerie fragte der Drogist Pagenandt nach dem Weg, erwähnte dabei, daß auch er Drogist sei. Der Kollege in Bagni di Tivoli zeigte sich mäßig erfreut, erklärte aber den Weg. Nach einigen weiteren hundert Metern setzte sich Pagenandt auf eine staubige Bank, die leider von keinem Baum überschattet war, und überprüfte anhand der Karte im *Michelin* die Angaben des Drogisten aus Bagni di Tivoli. Offenbar waren sie korrekt. Pagenandt bevorzugte knappe, längliche Reiseführer. Nicht ungern verwendete er den grünen *Michelin* im Hochformat. »Dicke Reiseführer«, sagte Pagenandt, »sind erstens teurer, zweitens schwerer, und drittens steht mehr drin, als ich im Gedächtnis behalte. Ich brauche in einem Reiseführer nur soviel Unterrichtung, wie ich mir merken kann.« Pagenandt wanderte weiter.

Ein Pfeil mit der Aufschrift *Villa Adriana* wies den Weg. Die Straße war nun weniger belebt. Die Mauern der Häuser waren gelb. Dort, wo keine Fenster waren, auch an allen Gartenmauern und überhaupt an allem klebten Plakate. Italien: das Land der halb herabgerissenen Plakate. Inkrustationen von Papier und Leim. Nur wenige Tage sind die Plakate lesbar, dann werden sie halb heruntergerissen, oder das Gewicht der angewachsenen Plakatschichten läßt sie sich abschälen, oder sie werden überklebt. Eine ganze Häuserfront wies bis zur Kopfhöhe ein offensichtlich eben erst geklebtes Plakat in hundertfacher Ausfertigung auf: eine politische Partei zeigte an, daß ihr Genosse Qualcuni gestorben sei.

Die Schönheit, dachte Pagenandt, muß autonom sein. Die Schönheit kümmert es nicht, welche Krusten durchbissen werden müssen, um zu ihr zu gelangen.

Auf halbem Weg entdeckte Pagenandt einen Lebensmittelladen. In schräg gestellten Steigen lag Obst und Gemüse vor der Tür. Zwischen den Früchten steckten abgerissene Kartonstücke, auf denen mit großem Stift die Preise geschrieben standen. Pagenandt stellte fest, daß die Pfirsiche hier das Kilo um über 1000 Lire billiger waren als in Rom, und beschloß, sich einzudecken.

Die Pfirsiche aß Pagenandt später im Schatten einer Mauer. Den Kleppermantel hatte er sicherheitshalber über einen Stein gebreitet und sich draufgesetzt. Den Rucksack hielt er zwischen den Beinen. Die Pfirsiche schälte er mit seinem Schweizer Armeemesser.

Es war noch heißer geworden. Pagenandt zerlief und sonderte Ströme von Schweiß ab, dennoch zog er, als er die Pfirsiche gegessen hatte (die Hände klebten vom Saft, es kümmerte Pagenandt nicht), den Kleppermantel wieder an, schleppte sich zum Eingangstor und bezahlte, notierte den Betrag in einem Wachstuchheft. Das Wachstuchheft hatte er, wie vor jeder Reise, daheim in Weiden in der Oberpfalz präpariert, das heißt: pro Tag eine Seite mit Ausgaben-*Soll* und Ausgaben-*Ist*, mit Strichen und Rubriken versehen. Wenn er am Abend im Bett zusammenrechnete und das *Ist* das *Soll* unterschritt, freute er sich. Solche Hefte hatte er seit seiner zweiten Reise nach Italien, damals vor dreißig Jahren, bei sich, je ein Heft für jede Reise. Bei der ersten Reise, der Pilgerreise in das Kloster am Janiculus in der Via Garibaldi, hatte er noch keins. Auf dieser Reise ergab sich für ihn aber die Zweckmäßigkeit so eines Heftes. Aber, wie gesagt, seit der zweiten Reise. Insgesamt 47 Hefte standen daheim in Weiden in der Oberpfalz im sonst spärlich besetzten Bücherregal. Neunundvierzig

Reisen hatte Pagenandt gemacht. Die nächste würde die fünfzigste sein – es war aber nicht Pagenandts Art, Jubiläen zu feiern. Es hätten also 48 Hefte sein müssen, dort in Weiden in der Oberpfalz; es waren aber nur 47. Nie war Pagenandt etwas gestohlen worden, nur einmal ein solches Heft.

Bis zum eigentlichen Eingang zur Villa Adriana stehen Bäume. Pagenandt konnte im Schatten gehen. Ab und zu blieb er stehen und wischte sich die hohe Stirn. Die Schönheit ist autonom. Auch der Geruch gehört zur Schönheit. Es roch nach Pinien und Taxus. Ein glasblauer Himmel wölbte sich über den Ruinen. Die acht Katzen des Cafetiers lagen unter den Hecken. Sie blickten auf Pagenandt und erkannten sogleich, daß von dem nichts zu erwarten war.

Zwischen den roten Ruinen ist wenig Schatten, namentlich, wenn die Sonne so steil steht. Kaum ein Mensch war unterwegs. Pagenandt schleppte sich die Mauer des sogenannten *Pekile* entlang, stieg zum *Theatrum Maritimum* hinauf. Er hatte sich den Weg zu der Stelle vorher anhand des Planes zurechtgelegt.

Im *Cortile delle Biblioteche* stand, an einem Säulenstumpf gelehnt, eine nackte junge Frau. Keine Frau aus Marmor, eine lebendige Frau, eine schöne junge Frau mit Rundheiten, für eine Venus nicht zu schlecht. Sie wandte Pagenandt den Rücken zur Hälfte zu, verschränkte die Arme hinter dem Nacken und blickte reglos zum Himmel. Die Sonne des Mittags entkleidete die schöne Nackte noch um eine Idee mehr. Pagenandt blinzelte. Die Nackte wandte den Kopf, sah Pagenandt, schrie auf und raffte ein Tuch um sich. Jetzt erst sah Pagenandt weiter links den dazugehörigen Mann mit dem Photoapparat. Der Mann lächelte verlegen. Pagenandt verzog griesgrämlich das Gesicht und ging weiter. Sein Ziel waren die Pfeiler im Nymphäum.

Heute suchte er sie. Damals, vor dreißig Jahren, hatte er sie zufällig gefunden. Der vorbereitende Stoß, den ihm bei seinem ersten Aufenthalt in Arkadien Michelangelos Pietà versetzt hatte (nie wäre Pagenandt auf die Idee verfallen, den Ausdruck *Arkadien* zu benutzen), mündete bei jenem Aufenthalt in den *Biß*. Vor dreißig Jahren im Nymphäum war es heiß gewesen wie heute. Ein Wind, den man nicht spürte, nur hörte, bewegte auch heute wie damals die hohl aneinanderreibenden Blätter der Ölbäume. Aus der Ekke, mitten zwischen den ziegelroten Ruinen, traten die weißen kannelierten Pfeiler hervor: *kühlglühender* Marmor. Marmor an sich. Zwar von Menschenhand gestaltet, aus rohem Stein zu schlanken Pfeilern mit Kapitellen korinthischer Ordnung gemeißelt und dann kanneliert, aber nicht in Darstellendes verwandelt. Es soll nichts gegen Darstellendes gesagt werden, aber die Wirkung des Marmors, des glatten, *kühl-glühenden* Marmors entfaltete sich durch die hier entstandene reine Idee zum Marmor an sich.

Pagenandt war damals – schwitzend wie jetzt – auf einen der Pfeiler zugegangen und hatte seine Hand darauf gelegt. Das war, wenn man es poetisch ausdrücken will, die Vermählung Pagenandts mit dem Marmor gewesen. Seitdem drängte es ihn, den Marmor zu suchen und zu berühren, und wenn die Zeit zwischen seinen Reisen zu lang wurde, drohte Pagenandt zu verdorren und wurde noch mißmutiger.

Pagenandt schwitzte. Er wagte es hier, den Rucksack abzustellen, legte die Kleppermantelrolle drüber. Die Kleppermütze auf dem Kopf blähte sich bereits leicht vom Glatzendampf. Wenn der Gummi fest genug gesessen hätte, wäre Pagenandt vielleicht geschwebt. Pagenandt wischte die klebrigen Hände an seinen Cordhosen ab. Er näherte sich den Pfeilern. Schönheit ist autonom. Schönheit kümmert sich nicht darum, ob man sie mit klebrigen Händen behaftet und staubüberkrustet betrachtet. Der Blick ist rein. So jedenfalls die eine Theorie, die Pagenandt zwar nicht in dem Sinn vertrat, daß er sie formuliert und geäußert hätte, nach der er aber lebte. Schönheit steht für sich und kann nicht beleidigt werden. Pagenandt näherte sich den Pfeilern und legte die Hand auf den *kühl-glühenden* Marmor. Er hätte es nicht formulieren können, aber es war so: Pagenandt verwandelte sich auf einen Schlag. Die Welt, der Schweiß, die Klebrigkeit fielen von ihm, und es blieb, für einige beseelte Augenblicke, ein sozusagen kühl-glühender, marmorner Pagenandt. Lebte er für diese Augenblicke?

Er setzte sich danach, in den normalen Pagenandt zurückverwandelt, in den Schatten und aß die restlichen Pfirsiche, wobei er keinen Blick von den Pfeilern ließ. Er rechnete nach: wenn ich, dachte er, vor fünf Jahren hierhergekommen wäre, »wäre das eine Art Silberne Hochzeit gewesen«. Pagenandt faltete seine mißmutigen Lippen nach vorn. Er hatte damals, trotz des starken, ausdrücklichen Gefühls, nichts so Poetisches wie: »Vermählung mit dem Marmor« gedacht; es war ein wortloses Gefühl gewesen. Aber heute dachte er: »Silberne Hochzeit«.

Tauchte eine poetische Ader in der Seele des mißmutigen Drogisten auf?

Er schnürte seinen Rucksack wieder zu, strich nochmals über die Säule und ging. Der Billeteur sagte ihm, daß der richtige Omnibus außerhalb des Tores eine »Bedarfshaltestelle« habe. Pagenandt zog, in Erwartung der Gefahren im überfüllten Omnibus, den Kleppermantel an, setzte die Kleppermütze auf und stellte sich an die Haltestelle. Der Omnibus kam, raste vorbei. Pagenandt wedelte mit den Armen, aber der Fahrer grinste nur aus dem Fenster. Wahrscheinlich hielt er es nicht für rentabel, wegen eines einzigen Fahrgastes, der noch dazu farblich einer Mülltonne glich, anzuhalten.

Pagenandt zersprang vor Zorn. Die Kleppermütze blähte sich. Er beschloß, sich bei der Verwaltung der ACOTRAL zu beschweren. Um den genauen Zeitpunkt und damit den betreffenden Kurs feststellen zu können, zog er – nicht ohne Mühe – die alte Taschenuhr aus der Tiefe seiner verschwitzten Umhüllungen und hielt sie vor sich hin, fixierte mit vor Zorn vorgestülptem Mund das Zifferblatt.

Ein großes grünes, sehr elegantes Auto fuhr in dem Moment vorbei, bremste nach wenigen Metern knirschend und leicht aus der Spur geratend, setzte zurück bis zu Pagenandt. Ein Herr stieg aus, kam zu Pagenandt und sagte in einem Italienisch, dem man anmerkte, daß es nicht seine Muttersprache war: »Ich habe gesehen, daß der Omnibusfahrer nicht gehalten hat, der Verbrecher. Darf ich Ihnen anbieten, Sie dorthin zu bringen, wohin Sie fahren wollten?«

II

Seit Jahren wartete die literarische Welt auf das neue Werk. Aber der Meister schwieg. Um die vielleicht etwas verschüttete Erinnerung aufzufrischen, erlaube man eine Rekapitulation: Florious Fenix' Roman ›The Swan-like Arrival‹ (die deutsche Übersetzung erschien unter dem Titel: ›Ankunft mit Schwänen‹) war um die Zeit, als Pagenandt die ersten Male nach Italien fuhr, das, was man später ein Kultbuch nannte. ›The Swan-like Arrival‹ schilderte fragmentarisch die Geschichte einer italo-amerikanischen Einwandererfamilie in New York. Subtiler Humor und messerscharfe Psychologie waren bewundernswürdig gemischt. Hatte man – damals – das Buch nicht gelesen, war man nicht auf der Höhe der literarischen Bildung. Dabei war es schwer zu lesen, denn Fenix' eigentlicher Witz war die Erfindung neuer Wörter und die Verwendung alter Wörter in verblüffender Bedeutung. Ein Kritiker sagte: Fenix' Stärke sei, daß er die Wörter wörtlich nehme. Und von den Tantiemen des Buches konnte Fenix den Rest seines Daseins bequem leben.

Er schrieb dann noch einen Band mit Erzählungen, der den bestechend schlichten Titel ›Eleven Tales‹ hatte, Geschichten, die ebenfalls von jener italo-amerikanischen Einwandererfamilie handelten, neue Mosaiksteinchen in den (scheinbar?) ungeordneten Haufen des Erzählflusses im ›Swan-like Arrival‹ fügend. Dann nichts mehr, zwanzig Jahre lang. Anfangs, als Fenix noch gelegentlich an die Öffentlichkeit getreten war, hatte er in einem großen Gespräch mit dem führenden Literaturjournalisten Amerikas gesagt, daß er beabsichtige, das Mosaik des ›Swan-like Arrival‹ zu einem gigantischen Bild zu vervollständigen. Das ›Swan-like Arrival‹ sei eigentlich nur die linke untere Ecke des Mosaiks, und man werde staunen, was noch alles zum Vorschein komme, wenn es einmal fertig sei.

Seitdem wartete die Welt, soweit sie an Literatur interessiert ist, auf das Große Werk. Ob Fenix je auch nur eine Zeile davon geschrieben hat, ob er, als er das oben Gesagte verkündete, ernstlich vorhatte, das Werk zu schreiben, oder ob schon die Ankündigung eine Mystifikation war, weiß kein Mensch. Nie hat jemand etwas davon gesehen, geschweige denn gelesen. Die Theorien der literarischen Fachleute über den vermutlichen Tatbestand gehen auseinander. Eins nur ist klar: in je tieferes Schweigen sich Florious Fenix hüllte, desto gigantischer wuchs das Werk in der Erwartung.

Fenix begann eines Tages sich zurückzuziehen. Nach jenem großen Gespräch mit einem der bedeutendsten Kritiker verkehrte er mit Journalisten nicht mehr. Die gelegentlichen Äußerungen, die er, manchmal zu philosophischen, ab und an zu politischen Fragen von sich gab, erfolgten über Fenix' Agentur. Bald brach er den direkten Kontakt zu seinem Verleger ab, korrespondierte nur noch schriftlich, nach einigen Jahren nur noch über seine Agentur. Die letzte Photographie, die von Fenix bekannt ist, stammte aus jener Zeit. Sie zeigte Fenix, wie er über eine Gartenmauer blickt und mit erhobener Hand eine Bewegung macht, die die einen Literatur-Auguren als Abwehrgeste, die anderen als Hilferuf werteten.

Der Agentur gab Fenix bald danach bekannt, daß er nicht mehr besucht, nur noch angerufen zu werden wünsche, und auch das nur durch eine etwas ältliche Putzfrau der Agentur, eine Negerin, die schwerhörig war. Fenix wohnte damals in einem stark abgeriegelten Penthouse in Manhattan, das er aber bald verließ, um nach Vermont zu ziehen, wo er eine Farm kaufte, die er einzäunen und mit einem Graben umgeben ließ. Später ließ er den Graben vertiefen und mit Wasser füllen. Ob die Nachricht, daß er in dem Wasser Piranhas hielt, zutrifft, ist nie sicher recherchiert worden.

Als die Negerin der Agentur eines Tages zu der streng festgesetzten Stunde bei Fenix anrufen wollte – der Chef der Agentur hatte ihr, wie immer, einen Merkzettel vorgelegt, und eine Sekretärin ließ wegen Fenix' Antworten schon das Tonband mitlaufen – da erfuhr man, daß Fenix das Telephon abgemeldet hatte. In der Agentur war man etwas ratlos, aber dann kam ein Brief etwa des Inhalts: er, Fenix, habe den Verdacht, daß die Agentur ein Tonband mitlaufen lasse (!) und womöglich nach Erledigung der Dinge nicht lösche. Also keine Anrufe mehr. Er erwarte jede zweite Woche einen Brief, der im Drugstore einer gewissen Mrs. Blumley, etwa acht Meilen von Fenix' Farm entfernt, zu hinterlegen sei. Die Antworten würden auf umgekehrtem Weg erfolgen.

Für Agentur und Verlag waren die Bücher Fenix' immer noch, selbst nach Jahren, vielleicht gerade dann, als Fenix begann, ein Klassiker zu werden, von so großer kommerzieller Bedeutung (die Agentur lebte eigentlich von der Fenixschen Provision), daß man sich selbstverständlich jeder Marotte beugte.

Einmal, das war gut zehn Jahre, nachdem Fenix auf seine Farm nach Vermont gezogen war, richtete der Verleger – auf dem Weg über die Agentur und den Drugstore von Mrs. Blumley – einen ausgesucht höflichen, vor Vorsicht sozusagen schon fast unsichtbaren Brief an Fenix, oder besser gesagt, er reichte einen Brief an Fenix hinauf, der so unterwürfig war, daß der Ausdruck *speichelleckerisch* ein Euphemismus gewesen wäre, in dem er in gewundensten Redewendungen anfragte, ob und gegebenenfalls wann mit einem neuen Manuskript des Meisters zu rechnen sein könne.

Fenix rührte sich daraufhin genau ein Jahr lang überhaupt nicht mehr. Erst nachdem der Chef der Agentur eine dreitägige Fastenkur unter notarieller Aufsicht und barfüßige Bußübungen im Schnee, der (katholische) Vizepräsident eine Wallfahrt nach Lourdes gemacht und der Verleger dreimal laut vor sechshundert versammelten Journalisten geschrien hatte: »Ich bin ein nichtswürdiges Erdferkel!«, ließ sich Fenix herbei, den kargen Korrespondenz-Zyklus von vorher wieder aufzunehmen. Die Bußanweisungen fanden sich in einem Brief, den Mrs. Blumley genau am Jahrestag des Verlegerschreibens der Agentur übermittelte. Im übrigen waren Fenix' Briefe immer sehr knapp, enthielten fast nur Substantive, und selbst die Unterschrift war maschinengetippt.

Bald kamen findige Journalisten hinter die Sache, und ein paar von ihnen sagten sich: irgendwann muß Fenix die eingehenden Briefe in Mrs. Blumleys Drugstore abholen und seine Briefe zum Weiterschicken bringen. Sie lauerten ihm also auf. (Zu vermuten war außerdem, daß sich

Fenix im Laden von Mrs. Blumley versorgte. Auch ein Fenix kann nicht von der Luft leben.) Mrs. Blumley, die, wie ein Journalist schrieb, die krummsten Zehen besaß, die er je in seinem Leben gesehen hatte, blieb gegenüber jeder Anfechtung verschlossen. Überredung und Bestechungsversuche prallten an ihr ab, von erotischen Attacken ganz zu schweigen. Erst nach Monaten kam ein Journalist drauf, daß der Postverkehr zwischen Fenix und Mrs. Blumley mittels Brieftauben erfolgte und daß die Lebensmittel Mrs. Blumleys abgerichteter Bernhardiner zu Fenix' Farm trug. Aber auch der Hund war unbestechlich. (Er hieß *Maurice*.) Er war zusätzlich dahingehend abgerichtet, daß er sich, wenn ihm jemand Unbekannter folgte, hinsetzte und einfach sitzen blieb. Wie sich Fenix mit anderen Lebensbedürfnissen (Kleidung, Bücher u. dgl.) versorgte, blieb ein Rätsel.

Schließlich versickerten die Bemühungen der meisten Journalisten, versandete auch ihr Interesse. Der eine oder andere schrieb, weil er ja schließlich nicht gefeuert werden wollte, über das Warten auf Fenix' Großes Werk. Etwas dünn schon, sagte der Redakteur, aber besser als gar nichts. Ein Journalist reicherte seinen Bericht mit der Bemerkung über Mrs. Blumleys Zehen an.

Auch über Verwandte war an Fenix nicht heranzukommen. Er hatte nur einen Stiefbruder, der als Arzt in New York praktizierte. In der Figur des stotternden *Doc Tic* in ›Swan-like Arrival‹ erkannte man unschwer eine besonders bösartige Karikatur dieses Stiefbruders. Daß er, hatte der Stiefbruder schon vor Jahren gesagt, nach dieser Karikatur jeden Kontakt mit Fenix abgebrochen habe, werde wohl einleuchten. Begabtere Rechercheure machten Freunde Fenix' aus dessen noch geselligerer Zeit ausfindig. Keiner stand mehr mit ihm in Kontakt. Es war glaubhaft, denn auch sie kamen als Karikaturen in Fenix' Werken vor.

So war die literarische Welt gezwungen, in Demut zu warten, bis heute. Einer der besten Kenner des Werkes von Florious Fenix, der Literaturprofessor Jupiter B. Melmunger, Harvard, schrieb einmal: »Ich bin fest überzeugt, daß Fenix das Große Werk schreibt. Ich bin aber auch fest davon überzeugt, daß er testamentarisch verfügt: es darf im ungeöffneten Zustand neun Tage nach seinem Tod der Presse gezeigt werden und kommt dann in ein Banksafe. Wenn man es nach Ablauf der Schutzfrist herausnimmt, wird man feststellen, daß das Papier mit einer chemischen Materie präpariert war, die es zerfallen ließ.«

Es kam das Jahr 1985. Ein Journalist hatte sich erfrecht, eine Fenix-Biographie zu schreiben, ein bejammernswert klägliches Buch, in dem nichts anderes stand, als was alle literarische Welt ohnedies über Fenix wußte: nämlich nichts. Dennoch wies Fenix seine Agentur an, gegen die Biographie zu klagen. Fenix gewann den Prozeß, der Verlag des Journalisten mußte ein Schmerzensgeld von eineinhalb Millionen Dollar zahlen. Auch diesen Scheck trugen die Brieftauben in Fenix' Festung. Der Journalist selber wurde zu einem symbolischen Schmerzensgeld von einem Dollar verurteilt. Den Dollar transportierte Maurice. Das alles war aber noch nicht das auslösende Moment. Das auslösende Moment war ein Manöver zweier Journalisten aus Atlanta, die sich für besonders schlau hielten. Sie studierten zunächst die ganzen Fenix-Umstände in Vermont sehr genau, und an einem Donnerstag im August schlugen sie, wie sie meinten, zu. Der eine folgte dem Hund, der sich daraufhin, wie erwartet, hinsetzte und sitzen blieb. Der Journalist setzte sich daneben und hielt so den Hund quasi fest. Der andere Journalist verkleidete sich hundert Meter weiter als Bernhardiner und trabte zu Fenix' Farm. Die Beobachtungen hatten ergeben, daß der offenbar überaus kluge Maurice vor dem stacheligen Tor der Farm stets dreimal bellte: »Wau-wau (längere Pause) wau!« Die Journalisten hatten das Bellen auf Tonband aufgenommen, und der Journalist, der den Hund spielte, hatte tagelang geübt, bis er genau wie Maurice bellen konnte.

So schlich er dann – übrigens in brütender

Hitze – bis zur Zugbrücke über Fenix' Wassergraben und bellte. Die Zugbrücke hob sich, das Tor ging auf, beides offenbar von ferngelenktem Mechanismus bewegt.

Der Journalist trottete hinein. Selbstverständlich hatten die beiden Journalisten die Sache detektivisch genau aufgezogen und exakt das gleiche eingekauft, was – per Taubenpost – Fenix bestellt hatte. (Mit Feldstecher wurde die krummzehige Mrs. Blumley beim Herrichten observiert.) Auch ein Leinenbeutel, wie das Tier ihn immer umgehängt bekam, war besorgt worden. Fenix beugte sich zum Journalisten herunter, klopfte ihm auf den Rücken und sagte: »Brav, Maurice, brav.« (Das war das letzte, was Florious Fenix je zu einem Journalisten sprach.) Dann kam das Verhängnis. Die beiden Wurstzipfel, die Fenix dem Journalisten gab, konnte der noch fressen, den rohen Pansen nicht mehr. Es ging alles sehr schnell. Der Journalist erhob sich, schob seine Verkleidung zur Seite und flehte: »Meister! Sie sehen, was für Anstrengungen wir unternommen haben. Rührt Sie das nicht? Machen Sie eine Ausnahme ...« Fenix sagte nichts, holte nur sein Gewehr und schoß. Der durch das Fell beengte Journalist floh. Fenix schoß wieder. Er traf nicht. Der Journalist meinte später: nicht aus Menschlichkeit habe Fenix danebengeschossen, er habe schlecht gezielt.

Von der Minikamera Gebrauch zu machen, war dem Journalisten in der Eile und Gefahr nicht möglich gewesen. Gesehen hatte er nur einen weiten sandigen Hof und weiter hinten ein flaches Haus mit Veranda und einem Liegestuhl davor. Fenix hatte eine blaue Arbeiterlatzhose und ein kariertes Hemd getragen. Wenn er, äußerte sich der Journalist später, sich als Brieftaube verkleiden hätte können, wäre die Sache vielleicht erfolgreicher verlaufen.

Wenige Tage später schickte Mrs. Blumley den turnusmäßigen Brief an die Agentur zurück und schrieb dazu: Mr. Fenix sei abgereist. Man fand bald heraus, daß Fenix seine Farm verkauft hatte. Nach einigen Monaten ortete man eine kurze Spur: er hatte in einem New Yorker Hotel für eine Nacht gewohnt. Dann blieb Fenix verschwunden. Der Kontakt mit ihm brach fast völlig ab. Für die notwendigen Unterschriften und für die jährlichen Tantiemen-Transferierungen trat an die Stelle Mrs. Blumleys das Saint-Margaret-Kloster in Boston. Die Nonnen dort waren noch unzugänglicher, als es schon Mrs. Blumley gewesen war. Als zusätzliche Schwelle kam die Kloster-Clausur hinzu.

Daß ausgerechnet ein Kloster und ausgerechnet Saint-Margaret in Boston die Kontaktstelle Fenix' mit der Außenwelt wurde, hätte zu denken geben können. Ein wirklich schlauer Journalist hätte da anknüpfen können. Aber so schlau sind Journalisten nicht.

III

Etwa um die Zeit, als der Drogist Pagenandt das erste Mal nach zehn Jahren wieder nach Tivoli fuhr, um in der Villa Adriana seine Vermählung mit dem Marmor zu jubilieren, starb in Irland Mr. Sean Reddivy, dessen Geschick und Gestalt für diese Geschichte hier nur in einem einzigen Punkt von Bedeutung ist, so daß der Fluß der Handlung nicht durch die Beschreibung seiner hier und jetzt schon hingeschiedenen Person aufgehalten werden soll. Nur soviel ist zu erwähnen, daß Mr. Reddivy nicht unvermögend, ja sogar reich war, und daß sein einziges Kind vor Jahren schon ihren Taufnamen Sheralee in Maria Damaszena umgewandelt hatte und als Nonne im Saint-Margaret-Kloster in Boston lebte. Hätte nicht Mr. Reddivy ein Drittel seines Vermögens dem Kloster vermacht, in dem seine Tochter lebte, hätte diese nie die Erlaubnis von der Äbtissin bekommen, zur Beerdigung des Vaters in das ferne Irland zu fahren. Die Äbtissin legte Wert darauf, daß Schwester Maria Damaszena ein Auge auf die Teilung hielt, damit dem Kloster nicht das schlechteste Drittel zugeschlagen werde.

Selbstverständlich bezahlte das Kloster nur die preiswerteste aller Fluggelegenheiten. Schwester Hieronyma, die in Boston Schwester Damaszena zum Flughafen geleitete, sagte beim Anblick des preiswerten Flugzeugs der Charterlinie: »Hoffentlich mußt du nicht mittreten, damit es fliegt.« Beim Einsteigen betastete die Schwester die Außenhaut des Flugzeugs, seufzte und zog sich innerlich auf ihr robustes Gottvertrauen zurück.

Beim Rückflug – in der schwarzen Kunstledertasche einen beachtlichen Scheck – kam Schwester Damaszena neben einen Herrn zu sitzen, der mit den Zähnen klapperte. Auch er hatte die Außenhaut des Flugzeugs betastet, verfügte aber über kein so beruhigendes Gottvertrauen wie die Nonne. Er bereue, sagte der Herr, ein Deutscher, der eigentlich viel zu schön war, um nur neben einer unscheinbaren Nonne zu sitzen, daß er mit so einem windigen Flugzeug zu fliegen sich entschlossen habe. Wuchtiges, graumeliertes Haar fiel in die Stirn. Seine Zähne, die also klapperten, steckten in Kiefern, die aussahen, als klapperten sie nie: breite, weitausladende Kiefer wie von einem, der nur den besten Whisky trinkt oder die Rallye Paris–Dakar gewinnt. Er bereue, sagte der Schöne in relativ gewandtem Englisch, daß er nicht Erster Klasse geflogen sei.

»Wenn das Flugzeug abstürzt«, sagte Schwester Damaszena ruhig, »dann stürzt auch die Erste Klasse ab.«

Der Deutsche versuchte sein Kiefernschlottern durch ein Rallye-Paris-Dakar-Gesicht zu paralysieren. »Darum dreht es sich nicht. Es gibt in diesem Charterschrottkasten gar keine Erste Klasse, ich bin nämlich Schriftsteller.«

»Ach so«, sagte die Nonne. Es war aber nicht zu verkennen, daß sie den Zusammenhang noch nicht erkannte.

»Ja. Nein«, sagte der Schriftsteller, »ich habe ein Erste-Klasse-Billett gehabt, vom Goethe-Institut.«

»Und warum sind Sie nicht Erster Klasse geflogen?«

»Es ist doch logisch: das habe ich umgetauscht. Es ist oft sehr schwer als Schriftsteller.«

»Ich verstehe«, sagte die Nonne, »Sie haben das Erste-Klasse-Billett von – von wem?«

»Goethe. Also nicht von Goethe. Vom Goethe-Institut.«

»Und von der Differenz leben Sie jetzt ein Jahr?«

»Nicht ganz«, sagte der Schriftsteller, »und auch das nur, wenn wir diesen Flug überleben.«

»Warum fliegen Sie denn überhaupt?«

»Ich lese in den Staaten aus meinen Werken. Ich bin Harro Berengar. Man nennt mich den

›westpreußischen James Joyce‹.« Schon bei der bemüht gewandten Formulierung »in den Staaten« gewann Berengar ein wenig Rallye-Haltung zurück.

»Aha. Sehr schön, das freut mich.«

»Haben Sie – ich meine – vor vier Jahren ist eines meiner Bücher ins Englische übersetzt worden. Sie haben vielleicht –?«

»Nein. Ich meine nur: James Joyce ist ein Landsmann von mir. Von dem habe ich auch nichts gelesen. Und wenn man Sie den – den was?«

»– den westpreußischen –«

»– James Joyce nennt, dann dürfen wir im Kloster sicher nichts von dem lesen, was Sie schreiben.«

Das Flugzeug hob ab und ächzte in den Nähten. Harro Berengar wurde fahl wie Asche.

»Sie brauchen sich nicht zu fürchten«, sagte die Nonne. »Dieses Flugzeug stürzt nicht ab. *Dieses* nicht. Ich habe nämlich einen Scheck für mein Kloster dabei. Die heilige Margaretha wird nicht wollen, daß dieser Scheck zugrunde geht.«

»Wieso ausgerechnet die heilige Margaretha?«

»Weil sie die Patronin unseres Klosters in Boston ist.«

Die Angst Berengars war augenblicklich wie weggeblasen. Er hatte, wie er selber nicht ungern zu sagen pflegte, »den Durchblick«. Mit Florious Fenix verbanden ihn Linien, von denen noch zu reden sein wird. Als die Schwester den Namen ihres Klosters nannte, ratterte es in Berengars literarisch »voll durchblickendem« Hirn wie in einer Registrierkasse, und im Grunde genommen stand er in diesem Moment bereits vor dem Tor einer Villa in Tivoli.

Berengar umkreiste nun, Interesse heuchelnd, im Gespräch das Klosterleben mit Fragen, und geschickt kam er im Lauf der Reden auf Florious Fenix zu sprechen. Die Schwester wurde verlegen, gestand dann, daß sie von Mr. Fenix nie etwas gelesen habe (die Äbtissin hatte nach Prüfung eines Buches auch die Arbeiten Fenix' für *ungeeignet* erklärt, so wie die von James Joyce), sie wisse aber, daß er ein berühmter Schriftsteller sei und daß er gewisse Abmachungen mit dem Kloster getroffen habe.

In Washington, wo das Charterflugzeug – wahrscheinlich mit dem letzten Tropfen Benzin – landete, trennten sich Berengar und die Nonne. Berengar gab ihr die Hand, wünschte ihr alles Gute und sagte: »So ist es, man sitzt viele Stunden nebeneinander, und man wird einander nie im Leben wiedersehen.« Er beschloß, diesen Satz, den er für tiefsinnig hielt, gleich nachher aufzunotieren. Er unterließ es, weil er Schwester Damaszena schneller als vermutet wiedersah:

nämlich nach knapp einer Stunde auf eben dem Flughafen. Der Schwester war ein Mißgeschick passiert, das ihr mehr als peinlich war. Auch Nonnen müssen gelegentlich das aufsuchen, was in feiner englischer Art »public conveniences« genannt wird. Schwester Damaszena geriet auf dem Flughafen in eine solche »Annehmlichkeit«, deren Schloß kaputt war. Es ließ sich von innen nicht mehr öffnen. Sie rief, aber niemand hörte sie. Sie weinte, sie war verzweifelt. Sie hörte in ihrer so ganz anderen Zelle die Aufrufe für ihren Flug nach Boston. (Sie wie auch Berengar stiegen in Washington um, allerdings in jeweils andere Flugzeuge.) Sie hörte den letzten Aufruf nach dem »passenger Sister Damaszena« und rüttelte erfolglos an der Tür.

Es ergab sich, vielleicht war es die heilige Margaretha, die sich erbarmte, daß Berengar die benachbarte, der maskulinen Passagierhälfte vorbehaltene »Annehmlichkeit« aufsuchte, gleichzeitig den letzten Aufruf für Schwester Damaszena und durch zwei Türen das dumpfe Pochen hörte. Alle Bedenken beiseite setzend, stürzte Berengar, dem hier sein »Durchblick« zu Hilfe kam, in die Damenabteilung, befreite die Schwester, rannte mit ihr durch das Flughafengebäude, informierte im Laufen eine Stewardess, die freundlicherweise rasch telephonierte, und so erreichte Schwester Damaszena ihr Flugzeug doch noch. Ganz zuletzt drückte sie Berengar einen Umschlag in die Hand: er möge diesen Brief aufgeben.

Erschöpft sank Berengar, nachdem die Nonne, sehr freundlich noch einmal zurückwinkend, durch die Sperre verschwunden war, in einen Sessel der Senator-Lounge, obwohl er als Charter-Passagier nicht hierher gehörte. Aber sein Aussehen, seine Paris-Dakar-Ausstrahlung, namentlich wenn er faltig und übernächtig war, verbreitete eine verhaltene Würde, ungeübte Augen hätten ihn bei unscharfem Licht für einen Show-Star zweiter Ordnung halten können, allerdings nicht lange, lange genug jedoch, daß er einen Gratis-Whisky trinken konnte, bevor ihn die Angestellte der Lounge nach weiterer Prüfung sanft aus dem Raum in den ordinären Wartesaal verwies.

Mit dem Brief, den Schwester Damaszena dem Dichter Berengar gab, hatte es eine verschlungene Bewandtnis. Als die Nonne aus dem Kloster abfuhr, gab ihr die Äbtissin Ermahnungen sittlicher, hygienischer und allgemeiner Art, Segenswünsche sowie einen Brief an die Nuntiatur in Washington mit. Schwester Damaszena sollte am Flughafen den Brief frankieren lassen und aufgeben. In der Aufregung – die Reise war ja für sie ein Abenteuer – vergaß sie es. Sie fand den Brief in Irland in ihrem Gepäck. Sie beichtete die Nachlässigkeit. Der Beichtvater hielt den Vorgang für nicht gravierend, meinte auch, daß es nur eine ganz leichte Sünde sein könne, wenn sie den Brief auf der Rückreise aufgebe und daheim im Kloster gar nichts sage. Die Nonne ventilierte mit dem Beichtvater auch die Möglichkeit, den Brief in Irland aufzugeben, aber Schwester Damaszena trat dem Gedanken nicht näher, erstens, weil das Porto dann teurer gewesen, und zweitens aus Sorge, daß dann, angesichts der irischen Briefmarke, doch ihre Nachlässigkeit ans Licht gekommen wäre.

In Washington aber war ihr durch die unfreiwillige Gefangenschaft der Gang zur Post verwehrt, und in ihrer Not drückte sie also den Brief Berengar in die Hand.

Berengar, noch in der Senator-Lounge sitzend, drehte das große orangene Kuvert in den Händen herum. Es war schlecht verklebt. Bevor er die Lasche nochmals anfeuchtete, schaute er ins Kuvert. Im Kuvert war ein weiterer Brief. Berengar schüttelte diesen Brief aus dem Kuvert und las die Adresse ...

Der Verkehr zwischen Florious Fenix' Agenten (und damit sozusagen der Außenwelt) und Fenix ging so vonstatten: die Agentur schickte die Post ans Kloster. Die Äbtissin gab die Post in ein neues Kuvert und adressierte es an das Mutterkloster in der Via Cassia in Rom. Das Ganze kam in ein drittes Kuvert, das an die Nuntiatur in Washington geschickt wurde, die es mit Kurierpost an den Vatican expedierte. Von dort ging die Sendung ans Mutterkloster, und dort holte der treue Pio, Fenix' Custode und Chauffeur, die Briefe ab – und vice versa.

Auf dem Kuvert, das Berengar in der Hand hielt, stand:

»Rev. Convento di S. Margherita
Via Cassia 348 – Roma
dip. di Signor Fenix«

Berengar lächelte, selbst als ihn bald darauf die Senator-Lounge-Dame hinauswarf. Er suchte das Postamt und gab den Brief auf. Eine Stunde später ging sein Flugzeug. Als er kurz vorher nochmals die *conveniences* aufsuchte, vergewisserte er sich, bevor er die Tür schloß, ob sie sich von innen auch wieder öffnen ließ.

IV

Pagenandts Vater – von dem die Uhr stammte – war im Krieg ums Leben gekommen. Die Mutter führte die Drogerie weiter, bis der Sohn soweit war, um in den väterlichen Kleppermantel wie auch in die Inhaberschaft der Drogerie – »der ersten und ältesten am Platz« – hineinzuschlüpfen. Die Mutter hatte, für den Sohn unverständlich, zu der Zeit noch einmal geheiratet, und zwar einen Herrn Zwirnsteiner, der Regierungsrat und leidenschaftlicher Ziehharmonikaspieler war. Regierungsrat, dann Oberregierungsrat, zuletzt Regierungsdirektor Zwirnsteiner war der für Straßen- und Wasserbau zuständige Beamte des Landratsamts Weiden, wurde später an die Regierung von Oberfranken nach Bayreuth versetzt, wo er das Akkordeon-Orchester »Maingold« aufbaute. (Der Anklang war gewollt.) Dem »Maingold« gehörte seine volle außerdienstliche Aufmerksamkeit, abgesehen von einer etwas herbstlich-vernünftigen Zuneigung zur Witwe Pagenandt. Auch steuerliche Gründe, pflegte Regierungsdirektor Zwirnsteiner zu betonen (er hieß mit Vornamen Gandolf), hätten ihn zur Eheschließung im vorgerückten Alter bewogen. Aus der Ehe seiner Mutter mit Herrn Zwirnsteiner gingen die beiden Stiefschwestern

Pagenandts hervor: Martha und Eva Zwirnsteiner, die beide sehr schwindsüchtig, um nicht zu sagen: durchsichtig aussahen. Man konnte sich, wenn man die Schwestern Zwirnsteiner anschaute, des Eindrucks nicht erwehren, daß es der letzte Rest der regierungs-, später oberregierungsrätlichen zwirnsteinerschen Manneskraft war, mit denen diese pergamentfarbenen Mädchen gezeugt worden waren. Sie blieben beide unverheiratet. Die eine, Martha, wurde Pfarrhäuserin in Freyung vor dem Wald und gründete dort den Verein zur Wiederbelebung der Schurptuch-Stickerei, die andere, Eva, hatte offenbar die Liebe des Vaters zur Musik geerbt und lebte als Akkordeon- und Blockflötenlehrerin zunächst in Bamberg, danach in München, wo sie eine freie Lebensgemeinschaft mit einem bereits pensionierten Dental-Laboranten einging, der in seiner – nach der Pensionierung nahezu unbegrenzten – Freizeit Straßenbahnfahrkarten sammelte. (Glanzstück seiner Sammlung war eine ungebrauchte Fahrkarte der Pferdebahn in Honolulu von 1899.)

Pagenandt wurde bis in sehr tiefe Schichten seines Charakters hinunter von der zweiten Heirat seiner Mutter getroffen. Er war damals siebzehn Jahre alt und das einzige Kind. Nach außen hin ließ er sich nichts anmerken. Er sagte nur zu seiner Mutter, als sie dem Sohn ihren Entschluß mitteilte: »Aber dann heißt du gar nicht mehr Pagenandt?« Worauf die Mutter antwortete: »Zwirnsteiner ist doch auch ein schöner deutscher Name.«

»*Deutsch* schon«, sagte Pagenandt.

Im Übrigen zog Frau Pagenandt, nunmehr wiederverehelichte Zwirnsteiner, zu ihrem Mann in dessen günstige Beamtenwohnung, der junge Pagenandt ging nach Regensburg, um zum Drogisten ausgebildet zu werden, nachdem er in Weiden in der Oberpfalz die Mittlere Reife erlangt hatte. Als er zurückkehrte, war die inzwischen um die beiden pergamentfarbenen Töchter angewachsene Zwirnsteiner-Familie im Umzug nach Bayreuth begriffen. Pagenandt übernahm die Drogerie und blieb allein in Weiden zurück.

Schon damals fiel seine Griesgrämigkeit auf. Es schadete dem Geschäftsgang nicht, denn erfahrungsgemäß halten Kunden Griesgrämigkeit des Ladenbesitzers für Seriosität. Ein fröhlicher Kaufmann verbreitet stets den Verdacht, daß er betrügt. Von einem griesgrämigen Menschen erwartet man, daß er sein Augenmerk auf die wesentlichen Dinge richtet, sich auf den Ernst des Lebens beschränkt und des Firlefanzes enträt. Das war auch gar nicht falsch im Hinblick auf Pagenandt: mit Ausnahme seiner Leidenschaft für den Marmor.

Angenommen, es fährt einer durch Weiden in

der Oberpfalz, ein beliebiger Mensch, für den es sich im Lauf der Erzählung nicht einmal rentiert, einen Namen zu erfinden, und er hält vor der Drogerie Pagenandt, weil er, zum Beispiel, Tempotaschentücher kaufen will, und man fragt den Menschen, wenn er, die Tempotaschentücher gekauft und bezahlt habend, wieder heraustritt an sein Auto: »Was hat dieser griesgrämig blinzelnde Mensch hinter der etwas außermodischen Ladentheke für Leidenschaften?«, hätte der betreffende angenommene Kunde ohne Zögern geantwortet: »Keine.«

»Gut – vielleicht ist *Leidenschaften* das falsche Wort. Ist vielleicht zu hoch gegriffen. Sagen wir: wofür, können Sie sich vorstellen, erwärmt sich dieser Drogist?«

»Erwärmt? erwärmt? lassen Sie mich nachdenken«, hätte der Kunde, vor dem Laden von uns befragt, das Paket Tempotaschentücher, das Pagenandt in eine Papiertüte mit Reklameaufdruck für Wellensittichstreu gepackt hat, hin- und herdrehend, hätte der Kunde vielleicht gesagt und dann: »Für Akkordeonspiel? für Alpinismus?«

Das wäre der Vater gewesen respektive Stiefvater, nicht Pagenandt. Aber den angenommenen Kunden dürften wir mitnichten wegen seines Fehlurteils tadeln, denn uns wäre es nicht anders ergangen. Alles, was in die Richtung Alpinismus oder Akkordeonspiel geht, hätte selbst ein genauerer Menschenbeobachter diesem Pagenandt eher zugetraut als eine Leidenschaft für den Marmor. Und dennoch wohnte diese Leidenschaft in Pagenandt.

Pagenandts Mutter Thekla war katholisch gewesen, als sie den protestantischen Drogisten und späteren Erblasser des Kleppermantels Alfred Pagenandt kennenlernte. Bei der Hochzeit konvertierte sie, konvertierte allerdings zurück, als sie, wie erwähnt, in zweiter Ehe den katholischen Regierungsrat und Akkordeonvirtuosen Gandolf Zwirnsteiner heiratete. Alfred Pagenandts Sohn, sein einziges Kind, wurde protestantisch getauft, folgte aber dennoch im Jahre 1950, dem Heiligen Jahr unter Pius XII., einer Einladung der katholischen Pfarrgemeinde zu einer – preislich außerordentlich günstigen – Wallfahrt nach Rom.

Noch biß der Marmor nicht, noch nicht. Aber schon war die Seele des jungen Pagenandt ergriffen.

Die Pfarrgemeinde-Wallfahrer wohnten bei Ordensschwestern in der Via Garibaldi. (Das ist nicht das Kloster, das – viele Jahre später – eine der Schaltstellen des Fenixschen Briefverkehrs werden sollte. Dieses lag in der Via Cassia, ganz am anderen Ende der Stadt.) Zwar wußten alle, auch die Schwestern, daß hier ein protestantisches Schaf mitlief, aber man übte sich auch damals schon in ökumenischer Toleranz. Außerdem verlieh der Kleppermantel Pagenandt etwas Gesetztes, Gediegenes, ja Überweltlich-Geistiges in den Augen der Schwestern, fast etwas Geistliches. Wer so ein fleischtötendes Kleidungsstück trägt, dachten die Schwestern, ist fern von weltlicher Eitelkeit, der ist fast ein Asket. Pagenandt bekam doppeltes Frühstück.

Und Pagenandt stand erstens vor dem Papst (wenige Minuten und in hundertfünfzigster Reihe) und zweitens vor Michelangelos Pietà in der Peterskirche. Die Pietà war damals, lang vor dem Anschlag eines Irrsinnigen, noch ohne Panzerglas zu besichtigen. Der Glanz des Marmors umfing den jungen Drogisten.

Die Schwestern erlaubten Pagenandt wiederzukommen, auch wenn er nicht in einer Pilgergruppe reise. Pagenandt machte davon Gebrauch. Er besuchte viermal Rom, dann lernte er hier den Prior eines Florentiner Klosters kennen. Der Prior lud Pagenandt nach Florenz ein. Der Vater des Priors hatte auch so einen Kleppermantel gehabt, den allerdings die Mutter nach dem Tod des Vaters verschenkt hatte. Durch den Prior bekam Pagenandt Empfehlungen nach Venedig und Bologna. Und so fort. Jahrelang schloß Pagenandt im Frühherbst seine Drogerie wegen *Betriebsferien* und fuhr, in seinen Kleppermantel gehüllt, von einem italienischen Kloster zum anderen. Nach seiner Heirat mit der tüchtigen, blassen Installateurmeisterstochter Gunhilda Aberweich brauchte er den Laden nicht mehr für Betriebsferien zu schließen. Frau Pagenandt vertrat ihren Mann. Daß sie etwa nach Italien mitfahren solle, wurde nicht diskutiert.

Pagenandts Leidenschaft, durch Michelangelos Pietà geweckt, ging nicht in Richtung der Pietà, also des Gegenstandes, sondern in Richtung des Materials. Nicht die kirchliche, fromme Kunst zog Pagenandt an, nicht die dämmer-goldenen Mosaiken oder der barocke Faltenwurf der *Ecclesia triumphans* faszinierte den Drogisten, sondern der – im wörtlichen wie übertragenen Sinn – nackte Marmor. Das bereitete Pagenandt Gewissensqualen: wenn er, sittlich gedeckt durch den Kleppermantel, das zwar karge, aber ausreichende Klosterfrühstück – wenn man so sagen kann – genossen, zum Capitol entschritt und eine Stunde vor der ohne Zweifel unkeuschen Esquilinischen Venus stand, dieser Venus, die einen der schönsten Popos der Kunstgeschichte in *kühl-glühendem* Marmor zur Schau stellt, war das noch zulässig?

Etwa zehn Jahre nach seiner ersten Italienfahrt beruhigte Pagenandt sein Gewissen dadurch, daß er konvertierte.

Zu der Zeit, 1962, fand im Kaufmanns-Casino

von Weiden eine Weihnachtstombola statt. Pagenandt konnte aus Geschäftsrücksichten nicht fernbleiben, obwohl ihn derlei Feierlichkeiten eher noch mißmutiger machten. Auch Frau Pagenandt sprühte nicht gerade vor guter Laune. Pagenandt blieb zu allem Überfluß nicht einmal erspart, ein Los zu kaufen. Er gewann einen Volkshochschulkurs für Diätkochen. Es gelang ihm, ihn in einen Sprachkurs Italienisch umzuwandeln. Der Sprachkurs dauerte ein halbes Jahr *(Italienisch I). Italienisch II* hätte Pagenandt bezahlen müssen, aber es traf sich gut, daß die Lehrerin, Frau Kornauer-Bastani, eine in Weiden lebende Mailänderin, mit einem Deutschen verheiratet, eine sehr trockene Haut hatte. Pagenandt bot Frau Kornauer-Bastani Haut-Creme zum Einkaufspreis an; dafür ließ Frau Kornauer-Bastani Pagenandt im Kurs Italienisch II, später sogar noch III, IV und V schwarz mitlaufen. Danach übernahm eine andere Lehrerin ohne Probleme mit ihrer Haut den Kurs, und Pagenandt schied aus. Er meinte auch, genug gelernt zu haben. Er wollte in Italien *schauen* und nicht Konversation treiben. Es genügte ihm, die täglichen Lebensbedürfnisse, einschließlich eventueller Erkundigungen nach Öffnungszeiten und Verkehrsverbindungen, flüssig und mühelos in der Landessprache zu bewältigen. Den ›Orlando Furioso‹ im Original lesen wollte er nicht.

V

Der Mann, nicht anders als ein Herr zu nennen, hager und sichtlich gut über sechzig Jahre alt, trug das Gesicht weit in seinen Kopf zurückgezogen. Er öffnete die hintere Tür seines großen grünen Auto und ließ Pagenandt einsteigen.

»Danke«, murmelte Pagenandt mit vorgestülptem Mund.

Der hagere Herr ging, als Pagenandt eingestiegen war, um das Auto herum und stieg auch seinerseits in den Fond, dann befahl er dem Chauffeur anzufahren.

»Dove? a casa? signor Marchese?« fragte der Chauffeur.

Für einen Augenblick trat das Gesicht des hageren Herren nach vorn. »Un'attimino«, sagte er zum Fahrer und zu Pagenandt »You are American? or English?«

»No, German«, antwortete Pagenandt, der in der Schule leidlich Englisch gelernt hatte.

»So, so«, sagte der Fremde auf deutsch mit starkem Akzent, »Sie sind Deutscher. Bin *hocherfreut.*«

Das *hocherfreut* klang unecht. Es klang nicht danach, als ob der Hagere wirklich *hocherfreut* sei, einen Deutschen hier in Tivoli zu treffen, es klang eher so, als verwende der Hagere den Ausdruck deswegen, weil er stolz darauf war, so eine ausgefallene Vokabel in seinem Wortschatz zu haben.

Den Akzent, sobald der Hagere Deutsch sprach, konnte Pagenandt orten: der Hagere war Amerikaner.

»Wie spät ist es?« fragte der Hagere.

»Elf Uhr vierzehn war es vorhin«, sagte Pagenandt, ohne seine Uhr zu ziehen, »jetzt wird es elf Uhr neunzehn sein.«

»Ich meine«, sagte der Hagere, »darf ich Ihre Uhr nochmals sehen?«

Pagenandt blinzelte mißtrauisch. Der Fremde hatte sein Gesicht ganz nach vorn an seinen Kopf geschoben und lächelte auf Pagenandt herunter. Pagenandt überlegte kurz, schloß die Möglichkeit, daß es sich bei dem Amerikaner um einen Räuber handeln könne, aus, nestelte den Knopf seines Uhrentäschchens auf, quetschte nochmals, wie vorhin, als der Bus vorbeigerast war, die für das Täschchen fast zu große Uhr heraus, die an einer Kette hing, ließ die Kette zwischen Zeigefinger und Mittelfinger der rechten Hand laufen, bis die Uhr flach in der Handfläche lag, und hielt die Uhr dem Amerikaner vors Gesicht.

Der Amerikaner berührte die Uhr nicht, er rückte nur seinen Kopf vor, ohne den Körper merklich zu bewegen (so wie ein Huhn pickt), das freundliche Gesicht verschwand im Kopfinneren, ein anderes Gesicht trat hervor, breitete sich von der Nase aus in Wellen über die Züge hin: das Gesicht eines Kunstfreundes, der einen nie gesehenen Pollaiuolo entdeckt, das Gesicht eines Entomologen beim Anblick eines exotischen Falters, der schon als ausgestorben gilt, das Gesicht eines Weinsammlers beim Anblick einer Flasche Ürzinger Schwarzlay des Jahrgangs 1945.

Die Drogerie und der Kleppermantel waren nicht die einzigen Hinterlassenschaften gewesen, die von Alfred Pagenandt senior auf den Sohn gekommen waren. Kleider (mit Ausnahme des Kleppermantels) und Schuhe waren Pagenandt junior zu groß, sie paßten aber dem Regierungsrat Zwirnsteiner. (»Aberglaube beleidigt den Wahren Gott«, sagte Zwirnsteiner, »noch dazu in so schlechten Zeiten.« Er trug die Sachen seines Vorgängers auf ohne Bedenken.) Auch die recht umfangreiche alpinistische Bibliothek des im Krieg gebliebenen Pagenandt, die nahezu alle Bergführer aus dem Bergverlag Rother sowie viel Literatur über den Krieg in den Alpen 1915/18 enthielt, nahm Zwirnsteiner an sich, da Pagenandt junior kein Interesse daran hatte. Nicht aber die Uhr: die Uhr stammte vom Großvater der Mutter, vom alten Alfred Pagenandt, war also ein weithergekommenes Stück. Ob sie materiellen Wert hatte, wurde in der Familie nicht überlegt. Der ideelle Wert war so groß, daß sie als Erbstück behandelt wurde. Ob sie aus Silber oder nur aus Nickel war, wurde nie untersucht. Tatsache war, daß sie mit großer Zuverlässigkeit ging und nie repariert zu werden brauchte, seit Menschengedenken. Der Großvater von Pagenandts Mutter, ein gewisser Ehrenfried Taussig, hatte im Krimkrieg auf russischer Seite als Offizier gedient. Ein Welsch-Schweizer, der ebenfalls russischer Offizier war und bei der Belagerung von Sewastopol tödlich verwundet wurde, schenkte dem deutschen Kameraden auf dem Totenbett die Uhr mit der Bemerkung, daß sie dem Großvater des Sterbenden seinerseits auf dem Rußlandfeldzug Napoleons ein sterbender Elsässer geschenkt habe, auf dem Rückzug, kurz vor dem Erfrieren, bereits über und über mit Schnee bedeckt. Die Uhr sei aber vollkommen intakt gewesen.

Die Uhr war groß und ziemlich dick, hatte eine mächtige Schraube zum Aufziehen über der XII und einen weit ausgreifenden Ring um die Schraube. Die Ziffern waren römisch und die Zeiger schön verziert.

»Danke«, sagte der Amerikaner, ohne die Uhr berührt zu haben, »ein schönes Stück. Warum kommen Sie hierher nach Tivoli?«

Pagenandt steckte die Uhr wieder ein und blinzelte den Amerikaner an. »Wegen der Hadrians-Villa«, sagte Pagenandt.

»Natürlich, natürlich«, sagte der Amerikaner, der nun alle seine Gesichter in seinen Kopf zurückgenommen hatte. Übrig blieb eine faltige Maske in Travertinfarbe, sozusagen passend zur Gegend hier. »Sind Sie Wanderer?«

»Wie bitte?«

»Wanderer, Geher?« sagte der Amerikaner.

»An sich wollte ich mit dem Omnibus fahren.«

»Sie waren noch nie hier?«

»Doch. Früher schon. Das letzte Mal vor zehn Jahren.«

»Das ist lang her.«

»Ja.«

Das Auto stand immer noch da. Der Chauffeur räusperte sich.

»Ach so«, sagte der Amerikaner, »ich habe ganz vergessen. Wo wollen Sie hin?«

»Ja – ich – zu freundlich. Wenn ich einen Omnibus nach Rom erreichen könnte.«

Der Amerikaner wechselte mit dem Chauffeur rasch ein paar Worte. Pagenandt erkannte, daß der Amerikaner – abgesehen vom unverkennbaren Akzent – bewundernswürdig Italienisch sprach und sogar den Dialekt des Chauffeurs verstand.

»Ich muß leider«, sagte dann der Hagere, »aus bestimmten Gründen nach Hause. Sie erlauben also, daß man mich am Tor absetzt. Es ist da oben. Dann wird sie Pio nach Rom bringen.«

Pagenandt stotterte etwas von: das sei nicht nötig, aber der Hagere befahl loszufahren, das Auto zog an, nach ein paar Minuten hielt es an einem großen schwarzen Eisentor. Der Hagere stieg aus, ließ einen Augenblick sein Gesicht an der Vorderseite seines Kopfes erscheinen und sagte:

»Es tut mir leid, ich weiß Ihren Namen nicht –«

»Pagenandt«, sagte der Drogist und wollte sich, behindert von Rucksack und gerolltem Kleppermantel, auch aus dem Auto wälzen.

»Bleiben Sie bitte. Mein Name ist Fioravanti. Es würde mich erheblich freuen, Herr Pagenandt, wenn Sie mich zu Besuch ...«, er suchte kurz nach Wörtern, »zu Besuch beehren könnten. Später. Pio gibt Ihnen das Telephon. Also: die Nummer. Sie verstehen.« Er verbeugte sich und wandte sich zum schwarzen Tor. Das grüne Auto fuhr rasch los, Pagenandt wurde in den Ledersitz gedrückt.

»Dunque – e dove?« fragte Pio.

Pagenandt genierte sich, die elende Adresse seiner halb-klösterlichen Absteige in Trastevere zu nennen, und log, daß er noch etwas besorgen wolle und daß ihn Pio an der Piazza Sonnino absetzen möge.

Die Fahrt verlief im großen und ganzen schweigend. Nur einmal lachte Pio ein wenig auf und sagte: »Ja, ja. Der Marchese muß aus bestimmten Gründen nach Hause ...«

»Ist er Marchese? Als Amerikaner?«

»Wer so ein Haus hat, ist Marchese«, sagte Pio, »und nach Hause muß er –« Pio lachte wieder, »weil er seine hunderttausend Uhren aufziehen muß.«

»Hunderttausend Uhren?«

»Na ja. Oder fünfundneunzigtausend. Irgendeine muß immer grad aufgezogen werden. Das darf niemand außer ihm. Einmal hat meine Frau ... oj, oj, oj ...« Pio machte zischende Geräusche und wedelte die eine Hand aus dem Gelenk heraus, als habe er etwas zu Heißes angefaßt. »Aber sonst ein guter Padrone.«

An der Piazza Sonnino stieg Pagenandt aus. Pio hielt direkt vor San Chrisogono und stellte den Jaguar breit zwischen Straßenrand und Omnibushaltestelle. Sofort ergab sich ein Verkehrschaos. Pio wehrte die Beschimpfungen mit elegant-obszönen Gesten ab und schrieb extra langsam die Telephonnummer auf einen Zettel, den er dann Pagenandt gab.

Pagenandt verwahrte den Zettel sorgfältig in seinem Soll-und-Haben-Buch und setzte sich dann in den Porticus der San-Chrisogono-Basilika. Trotz Bedenken, sich nach allen Seiten vergewissernd, beließ er es dabei, den Kleppermantel zusammengerollt zu lassen. Er setzte sich auf die Stufen und nahm sogar die Kleppermütze ab. Fauchend entfuhr Dampf. –

Es gibt verschiedene Arten von Erzählungen. Zu welcher die vorliegende zählt, soll dahingestellt bleiben. Es soll und kann auch hier nicht untersucht werden, was der Zweck einer Erzählung ist, denn das würde fast unverzüglich zu der Frage führen, was der Zweck der Literatur ist, und ob diese überhaupt einen Zweck hat, welche Diskussion in das unlösbare Problem einmündete: was *ist* Literatur? Das alles führte zu weit weg vom Drogisten Pagenandt, der inzwischen den allerletzten Pfirsich aß, den er vorher mit seinem sogenannten Schweizer Armeemesser zerteilt hatte. Das weltberühmte Schweizer Armeemesser ist das metallene Gegenstück zum Kleppermantel. Es ist kein Messer, sondern eher ein Arsenal. Frau Pagenandt hatte es vor Jahren ihrem Mann zum Geburtstag oder zu Weihnachten geschenkt und hatte großzügig die teuerste Ausführung gewählt. Pagenandts Schweizer Armeemesser enthielt eine ausklappbare Lupe, Pinzetten, Sägen, Zangen, Scheren, Bohrer und nebenbei auch noch achtzehn verschiedene Messerklingen. (Es gibt Autoren, ich nenne keine Namen, vor allem den *einen* nicht, da es sich um W. H. handelt, ich verehre ihn, die zählten hier, was ich nicht sage, noch auf: der Ausführung des Schweizer Armeemessers für Obristen, Obristdivisionäre und gar Obristkorpskommandanten kann noch ein Kompaß entklappt werden, ein

Gasherd, ein dreibeiniger Jagdschemel, eine Schweizerflagge, eine provisorische Pontonbrükke und die gesammelten Werke Clausewitz', für Militärpfarrer ein Feldbeichtstuhl.) Mit einer der Klingen zerteilte Pagenandt seinen Pfirsich und aß Teil für Teil, wobei er jedes Teil, vorher ein paarmal leckend, in den Mund hineinschob und wieder heraus. Er dachte an den hageren Amerikaner. –

Es gibt Erzählungen, die haben überhaupt keine Handlung: es sind Skizzen, poetische Bilder, sanft über sich biegenden Strandhafer hinstreichender Wind, im Hintergrund das flaschengrüne Meer mit tiefen Wolken. Es gibt Erzählungen, da ist der Strandhafer etwas belebt, zieht sich zur Strandpromenade hin, wo gutgekleidete Herrschaften auf und ab gehen. Häufig spielt sich in solchen Erzählungen die Handlung im Seelischen ab. Der Leser muß höllisch aufpassen, daß er jede Andeutung richtig einordnet, weil er sonst überhaupt nicht weiß, was los ist. Nicht ungern treten plötzliche Weinkrämpfe und verhalten gepreßte Abschiedsworte auf, nicht selten verfängt sich die Erzählung in philosophischen Fragen. Die gefährlicheren Spezies dieser Erzählungen sind daran zu erkennen, daß häufig eine handelnde Person zur anderen sagt: »Ich weiß, daß du das nie verstehen wirst.«

Eine weitere Art der Erzählungen ist dann

schon drastischer im Tempo. Da zweigt die Strandpromenade in die Hauptstraße ab, das Seelische stülpt sich etwas nach außen, und gelegentlich fällt schon eine Ohrfeige vor. Und die letzte Art spielt dort, wo die Hauptstraße in den *Highway* mündet, und zwei Auto rasen hintereinander her, und einer im hinteren Auto ballert mit seiner Knarre auf die Reifen des vorderen Autos, und dem Leser bleibt der Atem weg, weil er erst in der letzten Zeile erfährt, wer im vorderen Auto gesessen ist. Geschickte Erzähler lassen eine den Leser völlig verblüffende Person im vorderen Auto sitzen: den Staatspräsidenten womöglich, den Detektiv selber (was besonders tückisch ist), den Ich-Erzähler. Ein Autor, sagt man, sei über dem Problem wahnsinnig geworden, wie er es fertigbringen könne, daß im vorderen Auto der *Leser* selber sitzt.

Spannung nennt man das Kriterium für diesen Wesenszug der Erzählung. Die Literaten haben ein gespaltenes Verhältnis zur Spannung. Einerseits hält Spannung den Leser fest und bewegt ihn, auch das nächste Buch des Autors zu kaufen. Anderseits definiert sich der Unterschied von Literatur zur Unterhaltung, daß man Literatur (etwa: Fontanes ›Der Stechlin‹, der zur – auch in anderer Hinsicht – allerersten Kategorie der Erzählungen gehört) mehrmals lesen kann, Unterhaltung (U-Literatur) *nicht*. Je mehr Spannung, desto seltener kann man die Erzählung lesen, logisch, denn wenn man schon vorher weiß, wer im vorderen Auto gesessen ist, reißt einen das Buch nicht mehr vom Hocker. Der ehrgeizige Literat befindet sich also auf einer steten Gratwanderung zwischen literarischem Anspruch und Spannungserzeugung. (Pagenandt klappt nun sein Schweizer Armeemesser zusammen. Er verstaut das Messer, das durch eine am Gürtel befestigte Kette gesichert ist, schultert wiederum Rucksack mit Kleppermantel, schwitzt erneut und zieht los.)

Es ist gesagt worden, daß nicht entschieden werden soll, zu welcher der genannten Erzählungsgattungen (zu denen es unzählige Zwischen- und Seitentypen gibt) die hiesige Geschichte gehört. Gesagt werden aber soll, zu welcher sie nicht gehört: zur prall-spannenden. Eine Geschichte der prall-spannenden Sorte würde, wenn sie den hier vorliegenden Gegenstand behandelte, mit dem champagnerstöpselgleich knallenden Schlußsatz enden: »Der hagere Amerikaner war niemand anderer als Florious Fenix.« Da der Leser aber das Kompliment entgegennehmen möge, daß der Autor vermutet, er, der Leser, denke es sich eh schon längst, nämlich, daß der hagere Amerikaner niemand anderer ist als Florious Fenix, wird dieser Satz also schon hier angebracht und jeder weiteren Spannungserzeugung in dieser Richtung entsagt.

Pagenandt ist, wie schon angedeutet, kein Leser. Das heißt: er liest keine Erzählungen, Romane, Geschichten. Die vorliegende Erzählung würde er allenfalls dann lesen, wenn man ihm sagte, *er* käme drin vor, spiele sogar eine Hauptrolle. Von den Büchern von Florious Fenix hat er keins gelesen. Sogar der Name Florious Fenix ist ihm nicht geläufig. Ein Buch – es sei denn, es wäre ein grüner *Michelin* gewesen, was aber, jedenfalls für Pagenandt, eher ein Gebrauchsgegenstand ist – hätte Pagenandt noch mißmutiger angesehen als einen Kunden, der Q-Tips einzeln kaufen will. Soviel zu den nicht vorhandenen Lesegewohnheiten und literarischen Kenntnissen Pagenandts, der jetzt die immerhin schattige Via della Lungaretta hinunterstreift, wo sein Quartier liegt.

Pagenandt hat also mit der vorliegenden Geschichte nur insofern zu tun, als er darin vorkommt. Nicht wenig für einen Menschen, noch dazu einen, der nicht Rembrandt oder Maria Theresia oder der Apostel Paulus, sondern nur mittelständischer Geschäftsmann aus Weiden in der Oberpfalz ist, von dem kaum ein Erdenrest länger als für eine Generation nach seinem Tod zurückbleiben wird.

VI

Der Dichter und Schriftsteller Harro Berengar hatte bisher mit Florious Fenix nur insofern etwas zu tun, als er einmal, vor Jahren, ja Jahrzehnten schon, zur Zeit, als ›Swan-like Arrival‹ auf allen Bestseller-Listen ganz oben stand, eine frühe Kurzgeschichte von Fenix für dessen deutschsprachigen Verlag übersetzt hatte. Berengar, der später als *westpreußischer James Joyce* zu Ruhm kam, war damals erst ein nur Insidern bekannter Lyriker, hatte zwar schon diverse Literaturpreise abgeräumt (ein Talent, das er in den folgenden Jahren vervollkommnen sollte), war aber doch auf literarischen Broterwerb angewiesen. Florious Fenix hatte – vor ›Swan-like Arrival‹ – einen Band eher konventioneller Kurzgeschichten veröffentlicht. ›Nights At Katmandu‹ hieß der wenig aufsehenerregende Band. Nur an wenigen Stellen blitzte in diesen Erzählungen das auf, was später Florious Fenix' literarische Stärke wurde. Daß Fenix den Band nicht zurückzog, wurde von Kennern damit erklärt, daß der Autor ihn schlichtweg nicht mehr für wichtig hielt. Nach dem grandiosen Erfolg von ›Swan-like Arrival‹ in deutscher Übersetzung beeilte sich natürlich der Verlag, auch das frühere Werk, die ›Nights At Katmandu‹, herauszubringen. Es mußte schnell gehen, daher vergab der Verleger jede der Kurzgeschichten einzeln an einen Übersetzer; eine, wie gesagt, an Harro Berengar.

Harro Berengar, der hochgewachsene, am Kopf silbrig-füllig schillernde Dichter, der *westpreußische James Joyce,* der seinem gelblich-faltigen Gesicht den Anschein des breitkinnigen Whisky-Trinkers zu geben bemüht war – anders sah es Sergio Kreisler, der Neidling: »Berengar sieht aus, als ob er dauernd bei geschlossenem Mund gähne«, und fügte hie und da hinzu: »wahrscheinlich liegt das an dem, was er schreibt« –, setzte betreffs seines Nachruhms auf zwei Pferde: erstens natürlich auf seine Werke, zweitens aber auf die anderen Dichter. Berengar verkehrte und korrespondierte mit aller literarischen Prominenz, soweit sie ihm erreichbar war. Er rechnete dabei auf die künftigen Briefwechsel-Veröffentlichungen und auf die Tagebücher der anderen Dichter. Wenn er, kalkulierte er, oft genug Ernst Jünger aufsuchen würde, käme er zwangsläufig in dessen Tagebuch vor, und das ist ja immerhin auch schon etwas. Ob allerdings eine Fußnote in der dereinstigen Edition Jüngerscher Tagebücher bleibenden Nachruhm verheißen dürfte, war Berengar ungewiß. Deswegen streute er seinen Namen: er belästigte Heinrich Böll und Wolfgang Koeppen, Michael Ende und abwärts über Gabriele Wohmann bis Luis Trenker alle, von denen etwas zwischen Buchdeckeln veröffentlicht wurde und die ihm prominent genug erschienen. Selbstverständlich ergriff Berengar damals auch sogleich die Gelegenheit seiner Übersetzung und schrieb kollegial an Florious Fenix. Er bekam nie eine Antwort.

Es lebte aber in jener Stadt, in die es den *westpreußischen James Joyce* nach dem Krieg verschlagen hatte, nämlich in München, noch ein anderer Schriftsteller, dem Berengar oft, aber nicht gern begegnete. Es war eben jener Sergio Kreisler, der Neidling, und darauf, in dessen Tagebüchern vorzukommen, legte Berengar keinen Wert. Verhindern – falls Kreisler Tagebücher führte – konnte er es aber auch nicht, und so verständigte er sich über diesen Tatbestand mit sich selber durch die Floskel: »Hilft's nichts, so schadet's nichts.« Berengar war – in aller Bescheidenheit, wie er dachte – der Meinung, daß Sergio Kreisler seinerseits froh sein solle, in *seinen,* Berengars Tagebüchern vorzukommen. Er kam vor; nicht sehr schmeichelhaft.

Um die Zeit, als der Drogist Pagenandt in Bagni di Tivoli dem für kurze Zeit sein Gesicht nach vorn stülpenden Fioravanti oder Florious Fenix begegnete, erhielt Harro Berengar von einer bedeutenden Wochenzeitschrift deutscher Sprache den Auftrag, eine Serie von literarischen Parodien zu schreiben. (In den Kulissen der Zukunft wartete der Harlekin der Verknüpfung, der die Ereignisse, die an sich nichts miteinander zu tun hatten, verweben sollte.) Da Berengar seit Abschluß seiner ›Westpreußischen Trilogie‹ nichts mehr eigenes einfiel, griff er zu und schrieb jede Woche eine Parodie, welche das Publikum in gewissen Grenzen amüsierte. Ob die Tatsache, daß genau in jener Sommerwoche, in der Pagenandt Fioravanti begegnete, die Florious-Fenix-Parodie aus Berengars Feder tröpfelte, schon auf das Wirken genannten Harlekins zurückzuführen war, sei dahingestellt. Weder las Fioravanti-Fenix noch erst recht Pagenandt die Parodie, wohl aber Sergio Kreisler. Der erinnerte sich dabei an Berengars Erzählung vom nie beantworteten Brief an Fenix und verfaßte eine besonders tückische Parodie: eine späte Antwort.

Kreisler, obwohl nicht mit finanziellen Glücksgütern gesegnet, sparte nicht Mühe noch Kosten. Er ließ einen Briefbogen drucken: Florious Fenix, c/o *St. Margaret, Boston, USA* und die Post Office Box. (Diese Adresse über Verlag und Agentur herauszubekommen, war nicht schwer.) Kreisler schrieb den Brief mit Maschine, die Unterschrift verfertigte der Intendant Sch. Der hatte – unter anderem – die Fähigkeit, fremde Handschriften in verblüffender Weise nachzuahmen. Böswillige behaupteten, Intendant Sch. hätte mehr Erfolg, wenn er Schecks fälschen würde, aber das ist selbstverständlich auch nur Neid. Intendant Sch. also, der von Kreisler eingeweiht wurde, übte Fenix' Unterschrift anhand eines Faksimiles, das sich in jener schon erwähnten dürftigen Fenix-Biographie vorfand, und setzte sie dann unter den von Sergio Kreisler getippten Brief. Hätte Fenix jemals den Brief zu Gesicht bekommen – er hat ihn nicht –, so hätte er sich vielleicht an den ihm fremden Schreibmaschinentypen gestoßen, an der Unterschrift nicht.

Der Brief lautete sinngemäß: seit Jahren plagte Fenix das schlechte Gewissen, den Brief des *westpreußischen James Joyce* nicht beantwortet zu haben; nunmehr ergreife er, Fenix, die Gelegenheit des Erscheinens jener köstlichen Parodie, um sich endlich »bei dem bedeutenden deutschen, ja westpreußischen Kollegen« zu bedanken und ihm zu dieser Parodie, vor allem aber zu seinen Werken zu gratulieren, die zu seinen, Fenix', Lieblingsbüchern gehörten und so gut wie ständig auf dem bescheidenen Nachttisch seiner kargen Behausung lägen. Wenn er nicht, ließ Kreisler Fenix schreiben, sich schon vor Jahren mönchische, ja asketische Zurückgezogenheit auferlegt hätte, die zu brechen ihn ein Gelübde hindere, würde er ja gern den bedeutenden *westpreußischen James Joyce* einladen, aber so, wie die Dinge eben lägen, müsse er sich damit begnügen, dem überaus verehrten Herrn Berengar für viele Stunden ungetrübten Lesevergnügens zu danken, und verbleibe etc. etc. »Ihr sehr ergebener« (von der Hand des Intendanten Sch.:) *Florious Fenix.*

»Ist das nicht ein bißchen arg dick? und zu auffällig? *der bedeutende deutsche, ja westpreußische Kollege* –?« fragte Sch.

»Ich habe die Erfahrung gemacht«, sagte Kreisler, »daß bei Schauspielern und Schriftstellern Komplimente gar nicht so dick sein können, daß sie der Bespeichelleckte nicht glaubt.« So ging der Brief – über Amerika, wohin ein Sänger, Freund des Intendanten Sch., bald danach reiste – an Berengar ab.

Berengar war in den ersten Minuten, nachdem er den Brief in Händen hielt, außerstande zu atmen. Dann, wieder atmend, öffnete er ihn. Danach kniete er nieder und betete, obwohl an und für sich Agnostiker. Gebetet habend rief er – man muß Berengar lassen, daß er sehr gewandt in Dingen war, die im Alltag wichtig sind – einen Versicherungsagenten an, der sofort kommen mußte und bei dem Berengar das Papier auf 120 000 Mark versichern ließ. Zitternd, den Brief in einer ledernen Mappe, aus der er – das will was heißen – das Ur-Typoskript des ersten Teils der ›Westpreußischen Trilogie‹ (›Die Trauer der Elche‹) entfernt, ja: achtlos hinausgeworfen hatte, die Mappe an die Brust gepreßt, saß dann Berengar neben dem Versicherungsagenten in dessen Auto und ließ sich zu einem Schreibwarenladen fahren, wo er – den Schreibwarenhändler gebührend ins Klare versetzt – den Brief mehrmals photocopierte, auch, zur Vorsicht, das Kuvert.

Danach warf Berengar, ebenso achtlos wie vorher aus der Mappe das Manuscript, ein Portrait Berengars (eine kernige Pfeife rauchend) von der Hand Klaus Fußmanns, aus dem Wechselrahmen und klemmte das Original des Fenix-Briefes dahinter. In einem kleineren Wechselrahmen, in dem sich ein Portrait Berengars (seinerzeit mit langen, da noch fast schwarzen Haaren, tatsächlich ein Whisky-Glas in der Faust) von der Hand Anke Erlenhoffs befunden hatte, brachte Berengar das Kuvert unter. Mit der Photocopie rannte er anschließend in die *Kulisse* in der Maximilianstraße und zeigte sie herum.

Sergio Kreisler, der den zeitlichen Gang der Dinge zu berechnen gewußt hatte (Reise des Sängers – Postweg – Reaktion Berengars), hatte sich nur um einen Tag verkalkuliert. Er saß schon am Tag zuvor in der *Kulisse,* was aber nicht viel bedeutete, denn Sergio Kreisler saß fast immer dort, also auch, als Berengar, mit der Fenix-Brief-Photocopie wedelnd, eintrat.

Die Tatsache, daß der oberflächliche Sergio Kreisler im Café saß, trübte Berengars Laune etwas, aber ganz zum Schluß zeigte er den Brief doch auch noch ihm und sagte etwas von oberhalb: »Jetzt bin ich neugierig, was Ihnen dazu Giftiges einfällt.«

Sergio Kreisler – im Vorteil, weil auf die Situation gefaßt – sagte: »Herr Berengar, hier verbietet sich jeder Witz. Ich gestehe meinen Neid uneingeschränkt ein. Ich muß Sie bitten, mir einige blöde Bemerkungen, die ich Ihnen gegenüber, und noch mehrere, die ich hinter Ihrem Rücken gemacht habe, zu verzeihen. Ich werde das tun, was die größte Verehrung ausdrückt, deren ich fähig bin: ich werde Ihre ›Westpreußische Trilogie‹ zu Ende lesen.«

Berengar war gerührt, drückte Kreisler die Hand und sagte: »Wenn Sie sie ausgelesen haben, kommen Sie zu mir, ich signiere Ihnen die Exemplare.«

(»Leider«, sagte Kreisler später, »konnte ich davon keinen Gebrauch machen. Ich hatte die Bände nur ausgeliehen.«)

In den Tagen danach komponierte Berengar einen Brief an Fenix, in dem sich der Ton verhaltener Kollegialität mit dem grenzenloser Bewunderung mischte. Berengar schwitzte einige Nächte über dem Brief, bis er das erwünschte Ergebnis erzielt zu haben glaubte: daß hier von Gipfel zu Gipfel geredet wird, wenn auch der Berengar-Gipfel noch etwas niedriger war als der von Fenix. Auch diesen Brief ließ Berengar photocopieren und zeigte ihn herum. Sergio Kreisler las ihn und sagte (allerdings nur hinter Berengars Rükken, was aber bald hinterbracht wurde): »Ein bemerkenswerter Cocktail aus Arroganz und Anbiederung.«

Im – vergleichsweise schlichten – Postscriptum des Briefes kündigte Berengar an, daß er sich erlaube, mit gleicher Post seine gesamten Werke mit Widmung zu übersenden. Das war dann ein größeres Paket, das Berengar zur Post brachte, und über dessen Porto er erschrak. Er glaubte aber den Betrag gut angelegt.

VII

Zwanzig Jahre lang hatte Pagenandt Marmor gesammelt; den rein weißen Statuenmarmor, der meist aus Carrara kommt, den parischen Marmor von lebhaftem Glanz, den mit feinen Glimmerschüppchen durchsetzten pentelischen Marmor, den laurischen, den kymettischen, den thasischen, den prokonnesischen Marmor, den Rosso antico, den feuerroten Griotte, den Giallo di Napoli, goldgelb oder strohgelb, den schwarzen Meullan, den weißen, violett-geäderten Pavonazetto, den taubenblauen Marmor aus Starenoma, den Mandelmarmor, den Cipollin, den Bardiglio und den sizilianischen Marmo Jaspis – und nie brachte er auch nur ein Stück davon mit nach Hause nach Weiden in der Oberpfalz. Er sammelte nur die Berührungen.

Zwanzig Jahre hatte der seltsame Drogist Pagenandt Berührungen mit dem Marmor gesammelt, war schwitzend, unter seiner Kleppermütze dampfend, ängstlich und äußerlich mißmutig überall dort herumgestampft, wo Marmor stand oder lag, meistens aber in Rom, in dessen Nähe ihn der Marmor damals »gebissen« hatte.

Die Äußerung, er sei »vom Marmor gebissen worden«, hätte Pagenandt niemals in Weiden in der Oberpfalz gemacht. Er hatte sie der Pförtnerin des Klosters der Elisabethinerinnen gegenüber gebraucht, in dem er mehrere Jahre lang bei seinen Rom-Aufenthalten wohnte. In Weiden in der Oberpfalz und gar in seiner Drogerie wäre es Pagenandt im ganzen Leben nicht eingefallen, von Rom oder von Marmor zu reden. Pagenandt war auch keiner, dem man zugetraut hätte, er könne »vom Marmor gebissen« sein, und daß seine größte, ja einzige Leidenschaft sei, nach Rom zu fahren und im Marmor zu schwelgen.

Wie setzt sich der Charakter eines Menschen zusammen? Wie erklären sich Unebenheiten? Dringt nicht alles, was innen in einem wirkt, durch die trägen Schichten von Geist- und

Fleischgewebe nach außen? ins Angesicht? Wie kommt es, daß ein Drogist aus Weiden in der Oberpfalz eine fast krankhafte Liebe zum Marmor faßt?

Dieser Pagenandt, der mit nahezu wimpernlosen Augen blinzelt, der im Sommer einen kurzen Staubmantel über Shorts trägt, dazu die gefällige Kurzsocke und Sandalen, im Winter den gleichen Staubmantel, aber Tuchbundhosen und von Frau Pagenandt handgestrickte Kniestrümpfe im sogenannten Norwegermuster, dieser stets mißmutige, grämliche Pagenandt, der den Eindruck erweckt, als verkaufe er seine Ware ungern, als kassiere er das Geld leidend, der immer unausgesprochene Vorwürfe ausstrahlt, ungenannte, zurückgedrückte, namenlose Vorwürfe, Vorwürfe vielleicht, daß man so wenig kaufe, daß die Ware zu billig, die Gewinnspannen zu klein, der kaufmännische Mittelstand generell benachteiligt und namentlich das Drogistengewerbe von der Konkurrenz der Groß-Drogerien-Ketten gewürgt werde, daß das Wetter schlecht, die Luft ungesund, das Leben eine Last, die Erde ein Jammertal sei und alle gegen Pagenandt, den einen, insgeheim verbündet, dieser Pagenandt hegte eine sein ganzes Innere umfassende Leidenschaft des Ästhetischen. Aber nichts davon drang durch sein Geist- und Fleischgewebe nach außen.

Der Ausdruck *Leidenschaft* für des Drogisten

Pagenandt Hang zum Marmor ist sowohl im wörtlichen wie im übertragenen Sinn zu verstehen. Pagenandt entwickelte eine schöne, in den Grenzen seiner Bildungsfähigkeit sogar kenntnisreiche Liebe zur Kunst der griechischen und römischen Antike, wußte Stile zu unterscheiden, Qualität herauszukennen und hätte mit einer gewissen Chance für die Richtigkeit seines Urteils erkannt, wenn man ihn gefragt hätte (es fragte ihn aber niemand), ob dies oder jenes Bildwerk ein griechisches Original oder eine römische Kopie sei.

Der unter seinem Kleppermantel dampfende Pagenandt, der nur deswegen unter dem Kleppermantel nicht den Rucksack trägt, weil man derlei Behältnisse vor dem Eintritt ins Museum abgeben muß, vor – sagen wir – dem Apoll von Belvedere: Gegensätzlicheres läßt sich nicht denken. Vielleicht aber, es soll dem weiter nicht nachgegangen werden, erklärt sich aus dieser Gegensätzlichkeit Pagenandts Leidenschaft für Marmor im weiteren Sinn.

Ob Pagenandt die ihm faszinierende Eigenschaft des Marmors, dieses *kühle Glühen*, formulieren hätte können, ist fraglich, und deshalb soll auch hier – sozusagen über seinen nichtsahnenden Kopf hinweg – nicht weiter psychologisiert werden, weil die Machenschaften jenes Schicksals-Harlekins weit merkwürdiger sind, die dieser sich damals offenbar schon auszuführen anschickte.

Pagenandt kehrte in sein Quartier zurück. Das Zusammentreffen unglücklicher Umstände hatte es mit sich gebracht, daß er diesmal bei den Nonnen in der Via Garibaldi keine Unterkunft gefunden hatte. Zu seiner ganz alten römischen Behausung, dem Hospiz der Elisabethinerinnen in der Via dell' Olmata, zu fahren, war es zu spät, als Pagenandt angekommen und von der Pförtnerin in der Via Garibaldi zwar bedauernd, aber entschieden abgewiesen worden war. So hatte sich Pagenandt auf die Suche gemacht und Unterkunft in einer Pension gefunden, die ein pensionierter Polizist in der Via della Lungaretta in einem alten, palastartigen Haus betrieb. Pagenandts Zimmer, das er mit zwei Schweden teilte, war sehr groß, hatte eine Balkendecke, stark verblaßte Fresken und einen Balkon zur Straße hinaus. Die zwei Schweden waren jeder zwei Meter groß, trugen Turnschuhe in der Größe von Kanonenbooten und hießen Kjälm und Mjärs oder so ähnlich. Sie beteten abends buddhistisch und rochen stets leicht nach Erdarbeiten in der Nähe von Gasleitungen.

Pagenandt schaute die beiden mißmutig an, zog seine Hose aus und legte sie zum Bügeln unter die Matratze. Kjälm und Mjärs aber winkten einen fröhlichen Gruß. Sie saßen am Boden des Balkons und ließen durch die Gitterstäbe die Kanonenboote nach draußen baumeln, aßen dabei Ölsardinen mit Melone.

VIII

Fenix wohnte, was eigentlich gar nicht erwähnt zu werden braucht, allein in seiner Villa. Nur Pio, dessen Frau und deren Sohn betraten, aus ihrem knapp innerhalb des Fenix-Pomeriums gelegenen, dank Fioravantis Generosität mietfreien Pförtnerturm den Park und das Haus. Fenix hatte seine Spuren in Amerika und vor allem die nach Europa so sorgfältig verwischt, daß er es hier wagte, sich gewisse Freiheiten in der Bewegung zu gönnen. Die Custoden-Familie wußte selbstverständlich nicht, *wer* das war, der die Villa bewohnte. Für sie war er der leicht verrückte, aber steinreiche *Professore* oder *Marchese*, über dessen Herkunft nachzudenken ihnen nicht in den Sinn kam. Fenix-Fioravanti sprach, da aus einer italo-amerikanischen Familie stammend (wie die Helden seiner Erzählungen), gut Italienisch. Ob der verbleibende Akzent amerikanischer, deutscher, russischer oder sonst welcher Herkunft war, kümmerte die Custoden nicht, und verschwiegen waren sie schon aus eigenem Interesse. Wie oft bekommt man schon eine so herrliche Wohnung gratis. Eine nicht ganz legale, aber wohl tolerierbare Gegenleistung erbrachte Pio zusätzlich ...

So lebte Fenix in Sicherheit. Selbstverständlich gibt es immer Zufälle, aber die fürchtete Fenix nicht mehr. Die jüngste Photographie von ihm war bereits so alt, daß ihn danach niemand mehr erkannt hätte, selbst wenn er mit ihr in der Hand den Laden des Alimentari unten betreten hätte.

Ab und zu, in letzter Zeit allerdings seltener, ging Fenix außerhalb der öffentlichen Besichtigungszeit in die Villa Adriana, setzte sich auf eine der Bänke am Kanopum und schaute milde über das Wasser. Die große Leidenschaft Fenix' aber waren die Uhren.

Es war seltsam und von einer merkwürdigen Indirektheit, wie Fenix' Leidenschaft entstanden war. Von einem Biß, wie bei Pagenandt und dem Marmor konnte keine Rede sein. Schon wer Fenix' veröffentlichte Arbeiten aufmerksam liest, wird feststellen, daß die *Zeit* das Problem ist, um die alle seine Geschichten kreisen. In seiner Erzählung ›The Sailor's Best-man‹ läßt er die liebenswürdige Delfina Martini (die in fast allen Erzählungen Fenix' eine Rolle spielt) den Satz sagen: »Die Zeit gibt es eigentlich nicht. Es gibt nur Uhren. Die Seele gibt es auch nicht. Es gibt nur den Blutdruck.« Als Fenix aus Amerika – der Zeitlichkeit, wie er es letzten Endes empfand – in die Ewige Stadt und deren Bannkreis (die Villa Adriana) entfloh, also von den *temporalia* zur *aeternitas*, begann er sich theoretisch mit dem Problem der Zeit zu befassen. Er stellte fest, daß die Philosophie vor dem Problem *Zeit* versagt. Einzig Leibniz' Äußerung, daß die Zeit (wie auch der Raum) nicht ein Ding, sondern nur ein Faktor sei – nicht Ding, sondern Anordnung von Dingen – leuchtete Fenix ein. Alles andere erschien ihm philosophischer Mumpitz. »Wieder einmal taugt die Philosophie nichts«, ließ Fenix vor Jahren schon seine Delfina Martini sagen, als sie nach einer heftigen Herzenskatastrophe (in ›Sergio Buys Only Four Tooth-Picks‹) Platon zu lesen versuchte. Aber auch die strengeren Wissenschaften ließen Fenix' Neugier im Stich. Er konnte nicht herausfinden etwa, seit wann es die Zeitmessung nach Sekunden gibt. Haben die alten Römer Sekunden gekannt? Wohl nicht. Minuten? Das ist vielleicht denkbar. Hat Leibniz Sekunden gekannt? Wann ist die erste Uhr mit Sekundenzeiger gebaut worden? Fenix-Fioravanti ließ sich Bücher schicken, wagte es sogar, öffentliche Bibliotheken in Rom aufzusuchen. Die Antwort auf solche Fragen fand er nicht. Hat sich nie jemand mit ihnen befaßt? Sind sie nicht wichtig? Sie sind wichtig.

Schon in ›Night At Katmandu‹ ließ Fenix den kurzatmigen Klavierstimmer Timber Kleber sagen: »Vielleicht geht die Welt schneller ihrem Ende entgegen, seit die Zeit auch in Sekunden gemessen wird.«

Und noch ein anderes: in Fenix trafen zwei Charakterstränge von gleicher Stärke zusammen, die Neugier und die Gesetztheit. Nach dem vergeblichen Blättern in D. Norman Giles' ›History Of Chronometry‹ konnte er sich auf die Terrasse setzen und versunken-*zeitlos* den Sekundenzeiger seiner Uhr betrachten. Die Messung der Zeit nach Sekunden hat vielleicht zwei einander genau entgegengesetzte Wirkungen in sich: als Gift und als Medizin. Bei den Medikamenten kommt es ja auch oft nur auf die Dosis an, ob sie tödlich oder heilend wirken. Wenn einerseits, so Fenix in seinen Gedanken, die Messung der Zeit nach Sekunden, diese brutale Zerstückelung, Zerhakkung, ja: Tranchierung der Zeit dazu führt, daß, generell gesehen, das Ende der Welt immer schneller herbeigeführt wird, bewirkt andererseits die kontemplative Betrachtung des Sekundenzeigers eine Verlängerung des Lebens dessen, der betrachtet.

Fenix hielt seine Uhr vor sich. Die Zikade zirpte. Die Sonne stand hinter einer Zypresse, die gesprenkelten Schatten auf den weißen Marmortisch warf. Fenix fixierte den Sekundenzeiger. Er rückte vor, seitwärts zum Dreier, fiel nach unten, zum Sechser, quälte sich wieder aufwärts, erreichte den Neuner und stemmte sich mit letzter Anstrengung zum Zwölfer hoch, um seine Sisyphos-Arbeit unverzüglich wieder von vorn zu beginnen. Aber es war unverkennbar: je länger, je genauer Fenix den Sekundenzeiger beobachtete, desto langsamer bewegte er sich. War es zunächst ein nervöses *Zweiundzwanzig – Zweiundzwanzig*, wurde es bald ein gemächliches Schreiten und endlich ein geruhsames Vorrücken von Strich zu Strich, wobei oft zwischen zwei Strichen viele Stunden vergingen. Und um diese Stunden wird selbstredend, so Fenix in seinen Gedanken, das Leben länger.

Von Florious Fenix' Leidenschaft für Uhren wußte die literarisch interessierte Welt indessen nichts. In jener dürftigen Biographie, von der schon die Rede war, stand selbstverständlich kein Wort davon. Florious Fenix' nahezu seismographische Abneigung gegen Unästhetisches war aber jedem klar, der seine Bücher mit einiger Aufmerksamkeit las. Sein Stil war so schön wie präzise. Nicht daß Fenix stilistische Dekorationen vermieden hätte, aber die Dekorationen waren nicht überladen und stets gegen Flächen von kargem Mauerwerk gesetzt. Die Fassade des Palazzo Farnese wäre, suchte man eine architektonische Entsprechung für Fenix' Stil, ein geeignetes Beispiel. Es gab Leser, sogar unter Rezensenten, die das erkannten. Ein Professor für Literatur an der Universität Harvard, kann auch sein Princeton, schrieb ein Buch über die »biegsame Ästhetik« in Fenix' Werk, über Fenix' Sehen von unschönen Dingen. »Die Sphären der Gemeinheit«, so der Professor, »sind in Fenix' Werk durchaus vorhanden; wie sonst könnte es eine Welt umspannen. Aber Fenix' Prosa berührt die Sphären der Gemeinheit nur indirekt. Es ist dann, als ob ein eleganter Spaziergänger mit einem ausgesucht schönen Spazierstock auf ein besonders abscheuliches Transformatorenhäuschen zeige.«

Daß Fenix auch in seiner persönlichen Umgebung auf die Einhaltung streng ästhetischer Prinzipien achtete, war eine der wenigen Tatsachen, die in jener windigen Biographie richtig wiedergegeben waren. Schon Fenix' Wohnung aus seiner New Yorker Zeit, als er noch einigermaßen mit der Welt verkehrte, war ein Muster ausgesuchter Stil-Askese: fast leere weiße Räume, nur ein erlesener Sessel vor der Wand und ein kostbares Bild darüber, seitlich am Fenster vielleicht ein etwas abgeblühter Blumenstrauß. Der Satz, den Fenix die überaus schöne Delfina Martini in ›Diving A Trumpet In The Swimming-Pool‹ sagen läßt, als sie, auf der berühmten Bahnfahrt mit Sergio, den Vorhang des Coupés herunterzog, trifft auf Fenix selber auch zu: »Es bringt mich durcheinander, wenn ich dauernd auf so häßliche Dinge wie Bahnhofsrückseiten schauen muß.«

Es hieß, daß Fenix – nie hatte das jemand genau erfahren können – seine Manuskripte mit einem Waterman-Füllhalter aus Gold auf eigens angefertigtes und zu je vierundzwanzig Seiten in leichtes Wildleder gebundenes Büttenpapier schrieb. Ein Literaturprofessor (ein anderer als der oben genannte), der nicht ohne Witz war, schrieb einmal, er vermute den wahren Grund dafür, warum Fenix nichts mehr schreibe: er, Fenix, sei in gewisser Weise in der Lage jenes Millionärs, der sich das Rauchen abgewöhnen muß, weil es so teure Zigaretten, wie er sie sich leisten könnte, nicht gibt. Es gibt kein so teures Papier, meinte der Professor, wie Fenix es sich leisten könnte, um darauf zu schreiben.

Was jener Professor und auch kein anderer und überhaupt niemand wußte: Fenix hatte sich mitnichten das Schreiben abgewöhnt, und er schrieb jeden Tag in seinem leicht abgedunkelten Raum einige Zeilen in seiner kleinen, hübschen Handschrift mit seinem goldenen Waterman-Füller auf aufgeschlitzte, auseinandergefaltete alte Briefkuverts oder die Rückseiten längst verblichener Druckfahnen. Ob das allerdings das Große Werk war, an dem Fenix da schrieb, muß leider dahingestellt bleiben.

Die Leidenschaft für Uhren hatte bei Fenix also zwei Ursachen: seine Beschäftigung mit dem Phänomen *Zeit* und sein Hang zu schönen Dingen.

Schon auf seiner Farm in Vermont hatte Fenix in allen Zimmern kostbare Uhren aufgestellt: Empire-Uhren in Form von Marmorelefanten oder einem Tempel, alte englische Uhren mit Mahagoni-Gehäusen, russische Uhren aus Straußeneiern, deutsche Biedermeier-Uhren mit Reliefputten oder hammerschwingenden Mohren, aber auch Standuhren mit Perpendikeln aus feinen Messingarbeiten, vielleicht eine lächelnde Sonne darstellend oder eine schon ein wenig ins Galante hinüberschillernde Rokoko-Schäferin auf einer blütenbekränzten Schaukel, und was dergleichen Sachen mehr sind.

Am Handgelenk trug Fenix eine *IWC Schaffhausen*, das Meisterstück des Gesellen, der im Jahre 1910 mit der besten Qualifikation freigesprochen wurde. Als er nach Europa übersiedelte, umfaßte sein Hausrat zwei Schiffscontainer: einen mit den Möbeln und einen mit Uhren. In den Jahren in Tivoli wurde die Anzahl der Uhren, wie man sich denken kann, nicht geringer.

IX

Harro Berengar hatte keine Eile. Er absolvierte seine Lesetour durch amerikanische Universitäten und kehrte dann nach München zurück. Zum Herbst, zur Buchmesse, erschien ein neues Buch von ihm. Die vielen Lesereisen in den letzten Jahren, große Verpflichtungen als Mitglied zahlreicher Auswahlgremien für Literaturpreise (die alle Berengar selber längst erhalten hatte), Akademiesitzungen, beratende Gespräche im Kultusministerium, die Arbeit in den Vorständen des P.E.N.-Clubs, der Schriftsteller-Gewerkschaft, der literarischen Emigranten-Verbände und – nicht zuletzt – die äußerst anstrengende und zeitaufwendige Wühlarbeit, die betrieben werden mußte, um in den Orden *Pour le mérite* aufgenommen zu werden, verhinderten, daß Berengar ein neues Buch schrieb. Da aber ein neues Buch erscheinen mußte, um Berengars Ruhm warm zu halten, stellte er aus den gestrichenen Passagen seiner ›Westpreußischen Trilogie‹ einen Band zusammen, den er ›Arbeitsreport‹ nannte. »Ein talentierter Titel«, sagte Sergio Kreisler, »muß ihm der Neid lassen. Fast ein genialer Titel: schlicht, sachlich, und doch von gewisser Größe«, und hinter vorgehaltener Hand fügte er hinzu: »Arbeits-*Abort* wäre besser.«

Der ›Arbeitsreport‹ wurde, wie nicht anders zu erwarten, einhellig von den Rezensenten gelobt. Die berüchtigte Südwestfunk-Jury nahm es selbstverständlich in die *Bestenliste* auf. Der wenig später von einem tückischen Nervenkrampf viel zu früh hinweggeraffte Hellmuth Karasek nannte es im »Literarischen Quartett« den »Ausdruck der verlorenen Identität einer gefundenen Kommunikation« (kann auch sein: umgekehrt). Bis Weihnachten wurden über 200 Exemplare verkauft. 80 davon kaufte Berengar selber für Geschenkzwecke.

Immer noch ließ sich Berengar Zeit. Es kamen ja auch die alljährlichen Schmerzenswochen. Gegen Ende August, sich steigernd im September, erfaßte Berengar Unruhe. Sie wirbelte in ihm in den ersten Oktobertagen, daß er kaum noch schlafen konnte. Er litt dann regelmäßig an Zehenkrämpfen und Appetitlosigkeit, brachte allenfalls einen Apfel und ein halbes Glas Buttermilch hinunter, und dann war es wieder einmal soweit: die Nachricht im Fernsehen kam. Wieder hatte irgendein anderer den Literatur-Nobelpreis erhalten.

Immerhin legte sich dann Berengars Unruhe. Der Appetit stellte sich wieder ein. Er sagte sich, wenn endlich seine Bemühungen, in den Orden *Pour le mérite* aufgenommen zu werden, von Erfolg gekrönt sein würden, wäre er dem Nobelpreis einen entscheidenden Schritt näher. Natürlich hielt Berengar alle diese Ängste und Hoffnungen geheim. Nicht auszudenken, was Sergio Kreisler an dummen Witzen einfallen würde, wenn er davon auch nur ahnte.

Nachdem Berengar soweit war, daß er wieder rheinischen Sauerbraten, sein Lieblingsgericht, und gemischtes Bohnengemüse essen konnte, schritt er zum Goethe-Institut, brachte dem zuständigen Referenten ein mit außerordentlich schmeichelhafter Widmung versehenes Exemplar des ›Arbeitsreports‹ mit und ließ die Bemerkung fallen, daß schon länger die interessierte italienische Kulturwelt der Segnungen Berengarscher Gegenwart entbehre. Sofort stellte der Referent eine Lesereise durch Italien zusammen, und schon Ende November reiste Berengar nach Rom.

Ende November ist nicht die beste Zeit für eine Italienfahrt, dennoch war die Zeit Berengar recht, denn er vertrug Hitze nicht gut, schwitzte leicht und bekam dann Pusteln an den Fußsohlen. »Lieber Regen«, sagte er, »und ich fühle mich sauberer.«

Tatsächlich regnete es. Es gibt Städte, die haben bei Regen einen eigenen poetischen Reiz; Rom gehört nicht dazu. Der römische Regen macht die Luft dick, die Seelen kalt und das Straßenpflaster schlüpfrig. Der römische Regen ist von unschönem Gelb, und selbst die Colonnaden des Bernini schrumpfen etwas, und die Säulen bekommen ein leicht wurstartiges Aussehen. Berengar störte das nicht. Er trug zwar keinen Kleppermantel, aber einen mit Flausch in edlem Schottenkaro (Tartan: *Mackenzie*) gefütterten Trenchcoat und schützte sich im übrigen mit einem Taschenschirm der Marke *Knirps*. (»Seit der Häresie der Monophysiten«, pflegte Sergio Kreisler zu sagen, »hat der Teufel nichts dem zusammenlegbaren Taschenschirm Vergleichbares erfunden.«) So stand Berengar im Regen an einer abblätternden Fassade eines Hauses an der Via Cassia und ließ die Tür des gegenüberliegenden Klosters nicht aus dem Auge.

So dumm, wie aus den von Neid diktierten Schimpf-Aphorismen Sergio Kreislers für den unschuldigen Zuhörer hervorgehen mochte, war Berengar auch wieder nicht. Er hatte schon seinen Plan gemacht. Ein Exemplar des ›Arbeitsreports‹, selbstverständlich mit Widmung, war an Fenix' Adresse, also ans Kloster in Boston abgegangen. Berengar hatte berechnet, wie lang der verschlungene Postweg dauern mochte. Auch er hatte sich wenig verrechnet. Nur zwei Tage stand er an der Via Cassia, da hielt ein flaschengrüner Jaguar vor der Tür des römischen Klosters, ein Mann – sicher nicht Fenix selber, konstatierte Berengar sofort – ging hinein, vermutlich zur

Pforte, kam gleich wieder heraus und hatte, Berengar erkannte es mit unbeschreiblicher Freude wieder, den Umschlag in der Hand, in dem er sein Widmungsexemplar des ›Arbeitsreports‹ wußte.

Der grüne Jaguar fuhr davon. Auch damit hatte Berengar – Sherlock Berengar – selbstverständlich gerechnet. »Wir können nicht ein Taxi tagelang auf Vorrat warten lassen. Aber es gibt andere Mittel und Wege, my dear Watson!« Berengar feuchtete die Spitze seines Bleistiftes an, notierte die Nummer des grünen Jaguar in dem kleinen Büchlein, in dem er sonst überraschende lyrische Einfälle festzuhalten pflegte, drückte seinen Deer-stalker in die Stirn und schritt davon.

Für Berengars Vertrauensmann im Goethe-Institut in Rom war es keine große Schwierigkeit, über Konsulat und italienische Stellen den Halter des grünen Jaguar festzustellen: Signor Fioravanti, Tivoli.

X

Fenix war nicht katholisch, aber er hatte, als er einmal in frühen Jahren wegen einer geringfügigen Operation einige Tage in einem Spital hatte zubringen müssen, die dezente Zuverlässigkeit katholischer Ordensschwestern kennengelernt. Nach der fatalen Sache mit dem falschen Bernhardiner, als Fenix beschloß, in noch tiefere Schichten des Incognito abzutauchen, erinnerte er sich der sympathischen Nonnen, und unter enormen Vorsichtsmaßregeln setzte er sich mit der Äbtissin des St.-Margaret-Klosters in Verbindung. Die Äbtissin war Irin, stämmig und ernst, und hatte für Fenix' Anliegen volles Verständnis, wenngleich sie vielleicht seine inneren Motive mißverstand. Sie glaubte an eine Weltflucht zum Zwecke der Kontemplation. »Wenn Sie nicht männlichen Geschlechts wären«, hatte die Äbtissin gesagt, »dann würde ich Sie einladen, einfach bei uns zu bleiben. Hier wären Sie sicher, das garantiere ich Ihnen.« Von Männerklöstern hielt sie nichts, in ein solches einzutreten riet sie Fenix nicht. Dort sei man – sie suchte länger nach einem passenden Ausdruck – »zu leichtlebig«.

Die Äbtissin vermittelte dann die Verbindung zum Mutterhaus nach Rom in der Via Cassia, und so lief bald alles im Sinne von Fenix: alle Post, alle Korrespondenz endete für die äußere Welt im Briefkasten des St.-Margaret-Klosters in Boston; Florious Fenix war nicht viel schlechter abgeschirmt als der amerikanische Goldschatz in Fort Knox. Mit der beinharten Verschwiegenheit einer katholischen Ordensschwester kann es nicht einmal das schweizerische Bankgeheimnis aufnehmen.

Aber: rumpit interdum moratur propositum hominum fortuna, wie Velleius Paterculus sagte, dessen ›Historia Romana‹ Fenix im milden Pinienschatten seiner tivoleser Villa las, einen jener grellroten Bände der Loew-Collection, die links den lateinischen Text, rechts die englische Übersetzung bieten. Dabei setzten die Machenschaften jenes Schicksals-Harlekins schon zur Kulmination an, wenngleich sie sich vorerst nur in scheinbar nebensächlichen Verknüpfungen auf einer Reise des *westpreußischen James Joyce* Harro Berengar erschöpften: dem Tod eines honorigen, nicht unvermögenden Mannes namens Sean Reddivy in einem kleinen Ort der irischen Grafschaft Cork, einem defekten Türschloß in den »Conveniences for ladies« im Flughafen von Washington, einem Brief ohne Briefmarke und dem zugestandenermaßen in dem Fall scharfen Kombinationssinn des Dichters Berengar.

»Das Goethe-Institut, namentlich dessen Abteilung, die für die deutsche Dichter-Versendung ins Ausland zuständig ist, hat eine tiefverwurzelte Zuneigung zu Autoren, die schwierig zu Verstehendes schreiben und aus der ehemaligen DDR und den sogenannten verlorenen Ostgebieten stammen. Wenn sie zudem noch einerseits von Kritikern hartnäckig gelobt, vom Publikum aber nicht gelesen werden, hätschelt sie das Goethe-Institut mit opulenten Auslandsreisen ...«

»Sie sind nur neidisch«, unterbrach Berengar Sergio Kreisler, der in der *Kulisse* wieder einmal seine Invektiven gegen dies und jenes loswerden wollte.

Tatsache aber ist, mögen Kreislers Theorien nun stimmen oder nicht, daß Berengar zu den vom Goethe-Institut Gehätschelten gehörte, was soweit ging, daß, wie erzählt, er für seine Amerika-Tournee sogar Erster Klasse fliegen durfte, besser gesagt: *hätte fliegen dürfen.*

Es war – ein Zufall, der für den Lauf der Geschichte nur eine geringe Rolle spielt – gerade am selben Tag, einem Dienstag, als Berengar seine Lesereise antrat, daß Pagenandt sein schwarzes Wachstuchheft aufschlug, aber nicht, um eine finanzielle Eintragung vorzunehmen, sondern um die Telephonnummer abzulesen, die er dann in den mit einem Gettone gefütterten Apparat eintippte. Er rief Fenix an.

Pagenandt versprach sich nicht viel von dem Anruf. Er rechnete – als Kaufmann realistisch eingestellt in allen sozusagen weltlichen Dingen; der Marmor zählte für ihn zu den überweltlichen – nicht damit, daß Fenix sich auf ihn besinne. Daß er anrief, war auf eine andere wohl auch kaufmännisch zu nennende Einstellung zurückzuführen: solang er die mitgeteilte Telephonnummer nicht als erledigt abgehakt hatte, fühlte er sich nicht wohl.

Aber: Pio meldete sich, und Fenix, als zu ihm durchgestellt war, antwortete in einem Ton, der zu Pagenandts Erstaunen unschwer erkennen ließ, daß der Amerikaner auf den Anruf gewartet hatte.

Fenix lud ihn ein, drängte ihn förmlich zu kommen.

So fuhr also Pagenandt, während sich das Charterflugzeug mit der Last – unter anderem – eines *westpreußischen James Joyce* im fernen Frankfurt in die Luft erhob, wieder nach Tivoli hinaus. Fenix erwartete ihn im Garten der Villa, legte den Band Velleius Paterculus beiseite, als er seinen Gast kommen sah, und ging ihm ein paar Schritte entgegen.

Die Unterhaltung war, wie nicht anders zu erwarten, anfangs zäh, obwohl Fenix sein Gesicht ganz vorn an seinen Kopf geschoben und Pagenandt seinen Mißmut soweit wie möglich unterdrückt hatte.

»Sie kommen – woher?« fragte der Amerikaner.

»Aus Weiden in der Oberpfalz.«

»Oh. Wie schön«, sagte der Amerikaner.

»Kennen Sie es?« fragte mit grämlichem Mund Pagenandt.

»Nein. Wo ist es?«

»In Bayern.«

»So. In Bayern. Wie schön. Ich war nie in Bayern.«

Fenix wies mit feiner Geste seiner edlen Hand auf den Korbstuhl neben dem Marmortisch. Pio kredenzte kühlen, fast grünen Weißwein in ganz leicht geschliffenen Gläsern. Pagenandt nahm seine Kleppermütze ab und zog den Rucksack auf seinen Schoß. Dann trank er.

»Ich heiße übrigens Pagenandt.«

»Richtig. Ich bitte um Entschuldigung – es wäre natürlich an mir gewesen, mich zuerst vorzustellen. Verzeihen Sie. Ja: Fioravanti. Aber was sind schon Namen? Sie blühen und verwelken wieder. Seit ich hier wohne, habe ich mich mit den römischen Päpsten befaßt. Wieviele Namen die gehabt haben: zum Beispiel Clemens XIV. Er ist auf Giovanni Vincenzo Antonio getauft, dann ist er ins Kloster eingetreten und hat den Namen Lorenzo angenommen, als Papst dann: Clemens. Oder der Kaiser, dem wir die Villa hier verdanken. Er ist mir besonders wichtig. Ich hätte gern die Villa gekauft, aber es war nicht möglich. Mußte mich mit dieser hier behelfen. Was wollte ich sagen? Ach so, ja, seine Namen: zunächst hat er Publius Aelius Hadrianus geheißen, dann Traianus Hadrianus Augustus und gelegentlich Nerva Trajanus Hadrianus und zum Schluß, als er tot war: Divus Hadrianus Augustus.«

Fioravanti sprach die lateinischen Namen amerikanisch aus: er sagte »Häidriän« und »Ogastes«. Pagenandt verstand sie gar nicht.

»Schwitzen Sie nicht?« fragte Fenix.

»Doch«, ächzte Pagenandt.

»Warum in aller Welt sind Sie so dick angezogen?«

»Es wird doch sonst alles gestohlen. In meiner Unterkunft.«

»In welchem Hotel, du lieber Himmel, wohnen Sie?«

»Es ist nicht direkt ein Hotel, es ist mehr –«

»O ja. Ich verstehe. Da haben Sie es aber schwer. Und so bepackt bewundern Sie die Ruinen?«

»Ja. Warum?«

»Hier können Sie beruhigt Ihren … Ihren Mantel ablegen.« Er rief Pio. Pio nahm Pagenandts Gepäck.

»Ich will Ihnen natürlich nichts dreinreden«, fuhr Fenix fort. »Aber ich könnte das nicht. Die Schönheit ist so verletzlich. Die wirkliche Schönheit, ein kannelierter Pfeiler, zum Beispiel, aus weißem Marmor, weiß wie … ich will jetzt nicht poetische Vergleiche bringen, obwohl mir einer einfiele im Moment, sogar ein origineller … in der Villa gibt es eine Stelle mit solchen weißen, marmornen, kannelierten Pfeilern – kennen Sie sie?«

Pagenandt schwitzte. Er klappte den Mund auf: der Amerikaner redete von *seinem* Marmor.

»Für mich jedenfalls«, fuhr Fenix fort, »muß Schönheit unberührt sein. Vorbereitet. Und *ich* muß vorbereitet sein. Es darf nicht zu heiß sein und nicht zu kalt. Es darf nicht zu früh am Tag sein und nicht zu spät. Schon eine Fliege – ganz zu schweigen von einem Touristen – zerstört das subtile ästhetische Gleichgewicht, aber wenn nicht – ich sage nicht gerade das Weltall, aber ich sage: alles, was auf mich wirken könnte – im Einklang mit mir steht, zieht sich die Schönheit in sich selber zurück und wird unsichtbar.«

Das waren Gedanken, die noch nie durch Pagenandts Kopf gegangen waren.

»Darum«, sagte Fenix, »ist es am besten, man genießt die Schönheit allein.«

»Unbedingt«, sagte Pagenandt schnell.

»Langsam – vorbereitet – allein. Ich gehe nur an Montagen in die Hadrians-Villa. Da ist sie geschlossen, aber ich habe, das darf eigentlich kein Mensch wissen, einen Schlüssel.«

»Bestochen?«

»Pst«, sagte Fenix. »Es war nicht ganz billig. Ein Haus.«

»Ein was?«

»Bestochen ist vielleicht der falsche Ausdruck. Ich hätte ja, wie schon erwähnt, die Villa Adriana gekauft, aber es ging nicht. Sie gaben sie nicht her. Gut. So habe ich mir diese Villa hier gekauft. Nicht sehr alt. Hundert Jahre vielleicht. Die hat sich ein reicher Belgier, ich glaube ein Kohlenmagnat, bauen lassen. Sie mußte hergerichtet werden, aber nun ist sie ganz hübsch geworden. Vor allem hat sie eine große Mauer um den Park, das ist mir sympathisch. Sie haben es gesehen: ganz vorn am Eingang steht ein Portierhaus. Das habe ich einem Custoden der Villa Adriana geschenkt. Sozusagen geschenkt: um eine lächerliche Summe vermietet. Er war sehr froh, denn ihm war gerade seine Wohnung gekündigt worden. Und er hat mir einen Schlüssel anfertigen lassen.« Fenix zog seinen Schlüsselbund heraus und hob einen der Schlüssel, der Pagenandt natürlich wenig sagte, in die Höhe.

»So gehört mir sozusagen die Villa Hadrians doch. Wenigstens an den Montagen oder nach Schluß der allgemeinen Zugänglichkeit am Abend. Sie müssen das Kanopum« (Fenix sagte Käinopam) »bei Vollmond sehen. Manchmal bitte ich den Custoden, daß er mitgeht. Er heißt Pio – leider nicht Antonio Pio, nur Pio. Sie kennen ihn ja, er ist auch mein Chauffeur. Pio trägt einen Korb und hält sich im Hintergrund. Wenn der Vollmond sich dann im Wasser spiegelt, bringt mir Pio ein Glas Wein und ein paar frische Feigen – dann, werter Herr, dann entkleidet sich die Schönheit jeder Scham. Dann erst ist Schönheit wirklich schön.«

»Ja, schon«, schnaufte Pagenandt, »aber wer kann sich das schon leisten? Ich bin nur Drogist aus Weiden in der Oberpfalz.«

»Leider ist Vollmond erst in vierzehn Tagen«, sagte Fenix, »bleiben Sie so lange?«

Pagenandt lachte verlegen. »Ich wollte übermorgen heimfahren.«

»Und Sie können nicht bleiben? Haben Sie einen Chef?«

»Ich habe keinen Chef, aber eine Drogerie. Ich muß – und außerdem –«

»Sie wohnen bei mir«, sagte Fenix. »Lesen Sie Bücher?«

Die Frage kam so überraschend, daß Pagenandt vor Schreck den Mund vorstülpte, als wolle er pfeifen. Er war sich nicht sicher, was Herr Fioravanti für eine Antwort hören wollte. Pagenandt entschied sich für: »O ja, viele. Oft.«

»So«, sagte Fenix, »Sie lesen viel.«

»Jaja«, sagte Pagenandt.

»Was haben Sie«, sagte Fenix, »zuletzt gelesen, wenn man fragen darf?«

Jetzt wurde Pagenandt selbstverständlich ziemlich verlegen. Er wandte sich zu Fenix hin und blinzelte gegen die Sonne. Dann zog er seinen grünen *Michelin* aus seiner Jackentasche.

»Das da. Es ist nicht so dünn, wie man meint. Das heißt: dünn ist es schon. Praktisch. Sehr praktisch, weil dünn. Aber es steht erstaunlich viel drin. Mehr könnte ich mir ohnedies nicht merken.«

Fenix nickte. »Ich meine«, sagte er dann, »ob Sie auch Romane lesen, Geschichte? Und so?«

»Ab und zu«, log Pagenandt, schämte sich vor sich selber und fügte hinzu: »weniger.«

»Tschechow, zum Beispiel. Ich liebe Tschechow«, sagte Fenix.

»Ah, ja«, sagte Pagenandt, »kenne ich weniger.«

»Oder Schnitzler. Arthur Schnitzler.« (Er sagte *Arser.*)

»Weniger«, sagte Pagenandt.

»Thomas Mann.«

»Ich habe ›Königliche Hoheit‹ gesehen. Im Film. Wissen Sie, als Drogist, wenn man abends – es muß noch die Kasse gemacht werden und dies und das ... es ist einfach so, daß man nicht Zeit hat ... und im Film ... ich meine: wie lang braucht man, um so ein Buch zu lesen: Wochen! Monate! Und der Film dauert zwei Stunden.«

»Ich verstehe«, sagte Fenix und fügte mit einer Prise von Schärfe in der Stimme die Frage hinzu: »Kennen Sie die Bücher des amerikanischen Schriftstellers Florious Fenix?«

»Offengestanden: nein«, sagte Pagenandt.

Herrn Fioravantis Gesicht trat weit zurück in seinen Kopf und verschwand fast darin. Aber seine Stimme wurde nicht unfreundlich: »Wie spät ist es?« (Er hätte nur auf seine unübersehsbare *IWC Schaffhausen* von 1910 zu schauen brauchen.) Pagenandt zog das, was seine Frau »die Zwiebel« zu nennen pflegte, und sagte: »Halb fünf.«

Fioravanti stand auf: »Ich denke, Pio wird Ihr Gepäck holen. Sagen Sie ihm die Adresse. Und wir essen heute abend auf der Terrasse.«

XI

Das hatte Pagenandt noch nie getan: er rief am übernächsten Tag daheim an, in Weiden in der Oberpfalz. Fenix sagte, daß Telephonkosten keine Rolle spielten. Pagenandt sollte ruhig telephonieren, wenn er wolle den ganzen Tag.

Frau Pagenandt schrie auf, als sie die Stimme ihres Mannes hörte: »Bist du wahnsinnig, hast du zu viel Geld dabei? Nein? Wie?« – die Verbindung war schlecht, wie so oft in Italien – »auf wessen Kosten telephonierst du? Herr Fioravanti? bist du sicher, daß das nicht eine Frau Fioravanti ist? Der Laden ist voller Leute, mach schnell. Wie lange willst du noch bleiben? drei Wochen? bist du wahnsinnig? Es kostet nichts? Und ich hier? Der Laden voller Leute – wenn du meinst. Wenn dir dein Italien wichtiger ist. Tschüs.«

Es kostete Fenix nicht viel Telephongebühren, wie man sieht, Frau Pagenandt redete schnell; und außerdem war ja der Laden voller Leute.

»Und?« fragte Fenix, der im Garten gesessen war und in einem großen, schweren Band ›The Collection of Watches of the late Marques of Pulverhamton‹ geblättert hatte. Es war wieder ein heißer Tag.

Pagenandt blinzelte gegen die Sonne, zog sein Taschentuch heraus und wischte sich Stirn und Glatze ab. (Die Klepperkappe trug er hier nicht, obwohl Fenix es ihm ausdrücklich gestattet hatte. Fenix hatte gestern sogar um kurze Überlassung der Kappe gebeten und war damit in seinem großen Marmor-Bad verschwunden.)

»*Sie* sind nicht verheiratet?« sagte Pagenandt, »waren nie verheiratet?«

»Na ja«, sagte Fenix.

Das, was man ein herzliches Verhältnis nennen hätte können, oder das, was im landläufigen Sinn als freundschaftlicher Ton zu gelten hätte, trat zwischen Fenix und Pagenandt nicht ein. Pagenandt war aus verschiedenen Gesprächen im Lauf dieser beiden Tage klar geworden, daß Fenix aus der Uhr, die Pagenandt nicht nur besaß, sondern auch benutzte, schloß, daß er, Pagenandt, auch ein Uhrenfreund, womöglich Uhrensammler und Uhrenkenner sein müsse.

Pagenandt war also in eine Zwickmühle geraten: er konnte so lang in Italien bleiben, wie er wollte, und zwar *kostenlos*. Sogar das Frühstück würde eine gewisse Teresa, die Frau des bestochenen Custoden und hiesigen Portiers, zubereiten und die übrigen Mahlzeiten, sofern Pagenandt das wollte. Der Custode oder dessen Sohn würden Pagenandt in Fioravantis Auto chauffieren, wohin er wollte. Das schwarze Wachstuchheft würde also nicht einmal mehr Eintragungen über Busfahrkarten enthalten.

Anderseits umstrickt einen Kleppermantelträger wie Pagenandt das, was er und seinesgleichen »den Ernst des Lebens« nannten: im Fall Pagenandts Gedeih oder Verderb des drogistischen Einzelhandelsunternehmens in Weiden in der Oberpfalz. In ›Sergio Buys Only Four Tooth-Picks‹ läßt Fenix Sergios Bruder Eriberto sagen: »Ernst des Lebens? Bin ich auf der Welt, um Zahlen zu addieren?« Pagenandt, der diese Zeile nie gelesen hatte, *war* an und für sich auf der Welt, um Zahlen zu addieren – abgesehen von seiner inneren Glut für den Marmor.

Aber der Ernst des Lebens unterlag diesmal in Pagenandts Lebenskalkulation. Das Angebot Fioravantis war schlichtweg zu verlockend, als daß Pagenandt es hätte ablehnen können; außerdem fühlte er sich schon am ersten Tag dort auf der Terrasse von Fioravantis Gastfreundschaft zu sehr umwickelt, als daß er es gewagt hätte, den

Gastgeber in dem Punkt zu enttäuschen, der dessen Uhren-Manie anging. Ist es nicht verzeihlich, wenn sich Pagenandt durch diese übermächtige Vorgabe, durch dieses förmliche Drängen in die Charlatanerie treiben ließ? Noch dazu, wenn von da an das schwarze Wachstuchheft nahezu ohne Eintragungen blieb? Pagenandt brauchte auch nichts anderes zu tun, als zuzuhören und zu nicken. Fenix, der Kenner, redete. Er, der als Schriftsteller seit Jahrzehnten schwieg, redete von seinen Uhren wie ein Wasserfall. Er, dessen Bücher die schärfste Beobachtungsgabe für die menschlichen Schwächen verrieten, merkte nicht, daß er für Pagenandt von böhmischen Dörfern redete. Fenix war nach jedem seiner Vorträge, bei denen er Pagenandt durch die Zimmer und Gänge seines Hauses zerrte, von Uhr zu Uhr, überzeugt, einen anregenden Dialog geführt zu haben. Fenix war glücklich, stülpte sein fröhlichstes Gesicht an die Front seines Kopfes; Pagenandt hatte nur geschwiegen und genickt. Ab und zu waren natürlich seine Gedanken abgeschweift. Vor allem die eine Frage hatte ihn beschäftigt: mußte er seine Uhr – als bescheidene Gegenleistung für die überwältigende Gastfreundschaft – Herrn Fioravanti verkaufen? mußte er sie ihm gar schenken? Gegen Ende des weit in den Oktober hinein verlängerten Aufenthaltes beschloß Pagenandt, daß er Herrn Fioravanti die Uhr nach dem zweiten – später handelte er sich selber hinauf – nach dem dritten Aufenthalt in Fioravantis Palazzo schenken würde; sofern, logischerweise, Fioravanti Pagenandt wieder einladen würde. Daran aber zweifelte Pagenandt nicht. Das Geschenk, rechnete Pagenandt, war objektiv so wertvoll und als Sammelobjekt für Fioravanti von solch enormem Affektationswert, daß er dann sicher Pagenandt weitere drei Male einladen würde, und die für sechs Aufenthalte gesparten Kosten überstiegen, rechnete Pagenandt weiter, den Wert der Uhr beträchtlich. Er selber werde sich, dachte Pagenandt, bei der UPIM eine japanische Digitaluhr kaufen.

Und so – verdient er es in unseren Augen? er verdient es, da er den Marmor so innig liebt – erlebte der Drogist Pagenandt aus Weiden in der Oberpfalz die Vollmondnacht in der Hadrians-Villa in Tivoli. Fenix saß, ergriffen-still in einem hellen Leinenanzug am Kanopum, in dessen Wasser sich die Silberscheibe spiegelte. Die Reflexe der weißen Säule zitterten, wenn einer der Schwäne vorüberzog. Das Weltall war eins mit Florious Fenix' Seele – und diesmal auch mit der Pagenandts. Im rechten Moment zündete sich Fenix eine leichte Havanna an (Pagenandt lehnte dankend ab) – eine Vollendung. Nur der fast grüne Weißwein war für Pagenandts Geschmack eher sauer.

Warum redet einer, der als Schriftsteller seit Jahren schweigt, wenn es um Uhren geht? Es müssen nicht Uhren sein, nur im Fall Fioravanti-Fenix waren es Uhren. Es könnten ganz andere Dinge sein. Nur darf es nicht die Schreiberei sein, die Profession. Warum? Der Mensch redet, weil er darlegen will, was er weiß. Der Mensch breitet am liebsten sein Wissen auf demjenigen Gebiet aus, von dem er nichts versteht. Einem Schriftsteller zu sagen, er sei ein guter Schriftsteller, ist für den Schriftsteller gar nichts. Das weiß er selber. Er will eher dafür gelobt und geschmeichelt werden, daß er – sagen wir – ein hervorragender Koch ist. Der begnadete Pianist ist vor allem stolz darauf, daß er ein (mittelmäßiges) Buch über altorientalische Archäologie geschrieben hat, der weltberühmte Herzchirurg brüstet sich vor allem mit seinen Taten auf dem Golfplatz, und dem Nobelpreisträger für Physik macht man die größte Freude, wenn man erwähnt, daß er erfolgreich hellblaue Perserkatzen züchtet.

Fioravanti-Fenix ging mit Pagenandt, von dem er fest überzeugt war, daß er ein Uhrenkenner sei, durch die Gänge und Säle seines palastartigen Hauses am Abhang des Berges, auf dem Tivoli liegt, ging untergehakt, der lange, hagere Italo-Amerikaner mit dem schmalen Gesicht, für dessen Ablichtung jede Presseagentur mehrstellige

Dollarsummen geboten hätte, mit dem kurzen, unter seiner Klepperkappe dampfenden Drogisten aus Weiden in der Oberpfalz, für dessen Gesichtsablichtung sich kein Mensch interessiert hätte, oder sie gingen ebenso untergehakt auf den dekorativ ungepflegten Kieswegen des Fioravanti-Fenixschen Parkes, und Fioravanti-Fenix redete und redete von Uhren und Perpendikeln und Zifferblättern und von der Zeit und war glücklich. Pagenandt war glücklich, daß er so lang und so günstig in der Nähe seines Marmors sein durfte. Im übrigen wurde er ein leicht mulmiges Gefühl nie ganz los.

XII

Mitte Oktober ließ es sich nicht mehr umgehen, daß Pagenandt nun doch nach Hause fuhr, nach Weiden in der Oberpfalz. Bis in die ersten Oktobertage hatte tageweise ein schwerer Scirocco die Luft niedergedrückt, dann hatte eine Regenperiode eingesetzt. Oft regnete es zeitweise wie aus Kübeln, und die Römerinnen holten ihre Pelzmäntel aus den Schränken. Pagenandts Kleppermantel – nebst Kleppermütze – erfüllte nun seinen eigentlichen und sozusagen angestammten

Zweck. Eines Tages aber stand Pagenandt, nachdem er die Ara Pacis besucht und sich am dortigen Marmor, aber auch an den unterhaltsamen Figuren begeistert hatte, an der Via Tomacelli und wartete auf Fioravantis Fahrer, den er hierher bestellt hatte. Pagenandt wollte heimfahren. (Ja: heimfahren. Pagenandt benutzte die Vokabel *heimfahren*, wenn er an die Rückkehr in Fioravantis Palazzo dachte; er benutzte die Vokabel, allerdings ohne sich weiter reflektierende Gedanken darüber zu machen; er benutzte, dachte sie sozusagen *von selber*.)

An der Ecke, an der er – im Regen – stand, befand sich ein Laden, der Geschirr, Klappstühle und Regenschirme führte. Pio verspätete sich, er war, wie sich später herausstellte, was man aber weiter eigentlich gar nicht zu erklären braucht, im Verkehr der Via Nazionale steckengeblieben. Pagenandt ging mißmutig an den Schaufenstern des Geschirr-Klappstuhl-Regenschirm-Ladens entlang. Die Schaufenster zogen sich um zwei Ecken herum. Mißbilligend betrachtete der Drogist das in seinen Augen unschöne Warenkonglomerat. Er selber hatte immer darauf gesehen, in seiner Drogerie eine klare Branche zu vertreten. Schon den Vater Pagenandt hatte es angewidert, »wenn in Buchhandlungen auch Wurstkonserven angeboten werden«. Selbst die exclusive Vertretung für Kleppermäntel, die er haben hätte können, lehnte er ab, was viel hieß bei der Liebe des Alt-Alpinisten zu diesem Universal-Kleidungsstück. Nur zögernd und nur weil der Artikel in die Nähe von Nagelfeilen, -scheren und Necessaires gerückt werden konnte, nahm viele Jahre später Pagenandt jr. das Schweizer Armeemesser in sein Sortiment.

Fioravantis Fahrer kam immer noch nicht.

Was Pagenandt nicht wußte, war, daß die krause Mischung in dem Schirm-Klappstuhl-Geschirr-Laden nicht nur auf die, wie Pagenandt zu sagen pflegte: »erschreckend gesunkene Branchenhygiene« zurückzuführen war, sondern auch auf den Umstand, daß seinerzeit vor vielen Jahren ein Möbelhändler das Geschäft eines verblichenen Schirmhändlers samt Inventar aufkaufte, neben dem neuen Angebot an Kleinmöbeln – wie der Möbelhändler meinte: *zunächst* – die Rest-Schirme weiteranbot, wobei sich aber herausstellte, daß Schirme besser gingen als Klappstühle. Der Möbelhändler behielt die Schirme bei, und als ihn ein zu spät erkanntes Magenleiden hinwegraffte und seine Erben den Laden an einen Geschirrhändler weitergaben, liefen Schirme immer noch mit, und da inzwischen, den undurchschaubaren Gesetzen des Kommerzes folgend, die Nachfrage nach Klappstühlen angezogen hatte, sah sich der Geschirrhändler gefordert, die beiden sozusagen verwitweten

Branchen neben dem Geschirrsektor weiterzubetreiben.

Pagenandt trat an den Rand des Trottoirs, schaute hinauf zum Lungotevere, hinunter zur Piazza Goldoni – Fioravantis flaschengrüner Jaguar war nicht zu sehen. Der Regen floß. Die vorbeisausenden, Kreissägengeräusche von sich gebenden Motorini spritzten Fontänen auf. Einem Kleppermantelträger macht das nichts, zumal einem, der die Beinschlaufen geschnürt? (angelegt? gegurtet?) hatte. Von oben bis unten in Klepper. Trotz des Regens war es warm, dumpfdampfend warm, fast heiß. Pagenandt schwitzte. Der nun auch unten arretierte Kleppermantel rundete sich zum Ballon.

Ungut war nur, daß die Kleppermütze kein Schild hatte. Der Regen floß über das Gesicht. Warum haben Kleppermützen kein Schild? Wahrscheinlich hängt das mit der Geistfeindlichkeit solcher Kleidung zusammen. Das menschliche Gesicht ist vom sportlichen Standpunkt aus zu vernachlässigen. Es gibt keinen Sport, den man mit den Gesichtsmuskeln betreiben kann. Allenfalls beim Boxen ist das Gesicht von Bedeutung, da aber mehr passiv: als Objekt. Und der Mund bei Schiedsrichtern, weil sie sonst nicht pfeifen könnten. Klepper hat das Gesicht verachtet, also kann es seiner Meinung nach naß und das Schild an der Mütze gespart werden.

Pagenandt ging in den Laden. Von seinem Kleppermantel tropfte es. (Inzwischen war der Fahrer mit dem Auto endlich gekommen. Pagenandt winkte: er solle warten. Der Fahrer stellte das Auto ins Halteverbot.) Pagenandt kaufte einen Schirm. Es gab Schirme in allen Farben – gleiches Modell, gleiche Qualität, nur verschiedene Farben. Die Italiener haben eine dekorative Hand für so etwas: regenbogengleich reihten sich die gebündelten Schirme von violett über gelb und grün bis rot. Pagenandt stand vor einem ästhetischen Problem, das ihn noch nie bewegt hatte: welche Farbe? Die einzige Farbe, in der es keinen Schirm gab, war kleppergrau. Pagenandt dachte an seine Frau. Gestern hatte er wieder mit ihr telephoniert. Wieder war – an sich selbstverständlich ein dem mittelständischen Unternehmer herzerwärmender Umstand – der Laden voller Leute gewesen. »So?« hatte Frau Gunhilda Pagenandt gesagt, »du kommst tatsächlich auch wieder einmal hierher? Eine Postkarte hätte genügt. Das wäre billiger gewesen.« Bevor Pagenandt beruhigend darauf hinweisen hatte können, daß die Telephonkosten auf Mr. Fioravanti gingen, hatte Frau Gunhilda schon eingehängt.

Frau Gunhilda Pagenandt, die geborene Aberweich – das schoß in Pagenandts Gedanken auf –, würde sagen: »Einen *violetten* Schirm? für einen

Mann? Meinetwegen. Aber *ich* gehe mit dir damit nicht vors Haus.« Nachdem dies in Pagenandts Gedanken wieder abgeklungen und das ohnedies weichlich-schattenhafte Bild Gunhildas in hintere Schichten des Bewußtseins zurückgetreten war, griff Pagenandt ins Regal, zog einen violetten Schirm heraus, hielt ihn dem Verkäufer hin, der das Preisschild entfernte, zahlte, ging aus dem Laden und spannte ihn auf, obwohl bis zu Fioravanti-Fenix' flaschengrünem Jaguar nur ein paar Schritte zurückzulegen waren.

»Einen violetten Schirm haben Sie gekauft!« sagte Fioravanti später.

»Ja«, sagte Pagenandt, »weil einem mit dieser Mütze da das Wasser übers Gesicht rinnt.«

»Eine sehr schöne Farbe«, sagte Fioravanti.

»Irgendwie römisch«, sagte Pagenandt und lächelte, soweit sein von Griesgram überkrustetes Gesicht diese Bewegung zuließ.

»Erzbischoffarbig«, sagte Fenix.

Pagenandt gab sich einen Ruck: »Darf ich ihn Ihnen schenken?«

»Aber nein«, sagte Fenix, »ich habe hundert Schirme, ich freue mich aber, daß Sie einen so schönen Schirm gekauft haben. Nur –« Fenix stockte.

»Nur –?« fragte Pagenandt.

»Nichts«, sagte Fenix und zog sein Gesicht

wieder ins Innere des Kopfes zurück, »ein anderes Mal.«

Drei Tage danach fuhr Pagenandt zurück nach Weiden in der Oberpfalz. Am vorletzten Tag hatte er sich nochmals nach Rom chauffieren lassen. Es war ein Tag mit lackblauem Himmel und einer Herbstluft aus Porzellan. In dem Laden an der Via Tomacelli kaufte Pagenandt für Fenix als Abschiedsgeschenk einen Schirm in Cardinals-Scharlach.

XIII

Es ist klar, daß bei der etwas verschränkten Erzählweise dessen, was hier als Roman vorliegt, beim Leser unter Umständen einige Verwirrung eintritt. Die Verschränkung – die hauptsächlich eine solche der Zeit ist – ist notwendig, weil dieser Roman, wie man so sagt, »aus dem Leben gegriffen« ist. Das Leben, aus dem dieser Roman gegriffen ist – um ehrlich zu sein, besser wäre die Formulierung: vorgibt, gegriffen zu sein –, besteht aus Schlieren von Zeit, die mehr oder weniger rasch nebeneinander her fließen. Kein Mensch lebt gleich schnell wie sein Nachbar. Heißt es nicht von manchen Genies: »Er war seiner Zeit voraus«? Wie lang war Beethoven seiner Zeit voraus? Hundert Jahre? Oder? Es spielt keine Rolle, jedenfalls ist aber klar, warum er für alle seiner Zeit taub sein mußte. Wessen Zeit ist die maßgebliche, die sozusagen echte, die Kernzeit, um die herum der eine oder andere ihr voraus oder hinten nach sein kann? Die Zeit der Menschen, die abseits von allem Firlefanz »den Ernst des Lebens« auf ihren Schultern tragen? Pagenandt etwa, oder noch viel mehr Frau Gunhilda Pagenandt, die kein Marmorbiß aus dem Mausgrau des Lebens-Ernstes heraushebt, deretwegen – sie selber räumt es gern ein – Beethoven seine in ihren Augen viel zu langen Symphonien nicht zu schreiben hätte brauchen? Frau Pagenandt, der es wichtiger ist, daß die Mehrwertsteuer nicht erhöht wird, als daß man die Sixtinische Kapelle renoviert? Es sei dem, wie ihm wolle. Zu einem Roman, der vorgibt, dem Leser vorgaukelt, aus dem Leben gegriffen zu sein, der mit dem Leser stillschweigend die Übereinkunft trifft, daß alles, was hier steht, für die Zeit der Lektüre als real angesehen wird, in so einem Roman ist es unmöglich, eine exakte Parallel-Chronologie einzuhalten, weil dann womöglich infolge der erwähnten divergierenden Zeitschlieren noch mehr Verwirrung einträte.

»Dafür habe ich kein Interesse«, würde Frau Pagenandt sagen, an dem Regentag im November, als der Laden voll nasser Leute war und außerdem eine Lieferung von Brustthee Marke »Jodelfreund« ankam, unerwartet und falsch; Dosen statt, wie bestellt, Beutel. »Pagenandt!« schrie sie – sie rief ihren Mann nie mit dem Vornamen – »kannst du nicht – wo bist du? – Pagenandt, mach die Brusttheekiste wieder zu. Die soll retourniert werden. Pagenandt! Er sitzt da und denkt über Zeitschlieren nach, während der Laden voller Leute ist. Ich werde noch wahnsinnig.«

Das ist nun wieder nicht aus dem Leben gegriffen, also die Übereinkunft, von der oben im Hinblick auf den Roman die Rede war, störend, denn eine Figur, die im Roman vorkommt, vor allem so eine wie diese ohne Zweifel tüchtige, aber auch ziemlich nüchterne Gunhilda Pagenandt, weiß natürlich nicht, was auf dem Papier, auf dem sie einzig lebt, über sie geschrieben wird. Eher schon Harro Berengar, der *westpreußische James Joyce,* dessentwegen diese Reflexionen über den hier abrollenden Roman eingefügt wurden, um dem Leser die verschobenen Zeitschlieren klarzustellen.

(»Roman«: das Wort ist schnell auf das Titelblatt geschrieben. Florious Fenix hat das nie getan. Keines seiner Bücher hat er »Roman« genannt. Schon das erste Buch, ›Nights At Katmandu‹, hieß er: ein Fragment. ›Swan-like

Arrival‹ hatte gar keine Gattungsbezeichnung, ›The Sailor's Best-man‹ hieß ›Eine Stadtbeschreibung‹. Und auf dem Titel von ›Sergio Buys Only Four Tooth-Picks‹ stand ›Zeitschlieren‹.)

Die Harro Berengar betreffenden Zeitschlieren sind weit vorgedriftet. Während der Drogist Pagenandt nach seiner im wahrsten Sinn des Wortes schicksalhaften Reise nach Rom mißmutig sein Tagwerk in Weiden in der Oberpfalz wieder aufnahm, fuhr Harro Berengar auf Kosten des Goethe-Instituts in den Vereinigten Staaten herum, die Segnungen der Kenntnis seiner ›Westpreußischen Trilogie‹ verbreitend, im Kopf aber das detektivische Ergebnis jener Glücksumstände, die ihm den Weg – vorerst – zum Tor des Klosters in der Via Cassia und zur Kenntnis der Autonummer eines flaschengrünen Jaguars bahnte. Wie man weiß, regnete es an dem Tag in Rom, als Sherlock Berengar vor der besagten Klosterpforte stand, und die Geduld seines Wachestehens belohnt wurde. Auch in Weiden in der Oberpfalz regnete es. Pagenandts Laden war voll von Leuten. Es regnete schon seit Wochen. Im Gegensatz zu Rom gehört Weiden in der Oberpfalz zu den Städten, die durch Regenwetter eher schöner werden. Die kleinen Fenster der sauberen Häuser versprechen dem im Regenmantel (Kleppermantel?) oder auch nur durch einen Schirm geschützten Vorübereilenden kachelofengewärmte Geborgenheit, in die er bald, wenn er seine Obliegenheiten erledigt haben wird, eintreten kann und gebratene Würste und dunkles Brot vorgesetzt bekommt und Bier. Eine deutsche poetische Innenwelt, noch dazu, wo der erste Advent unmittelbar bevorstand. Früher hatte es um diese Zeit immer schon geschneit. Das war noch beschaulicher gewesen.

Das Telephon gab einen piepsenden Dreiklang von sich, penetrant wie ein Mauspfiff. Seit einigen Jahren hatte man solche Telephone, Errungenschaft einer neuen, zukunftsblickenden Postverwaltung. Frau Gunhilda Pagenandt seufzte, sagte zu dem Kunden, den sie bediente: »Moment«, und eilte nach hinten. Sie hob ab und sagte schroff: »Drogerie Pagenandt?!«

Es antwortete niemand.

»Hallo?!« schrie Frau Pagenandt.

»Ja«, sagte dann eine eher langsame Stimme aus weiter Ferne, »ob es wohl möglich ist, Mr. Pagenandt zu sprechen?«

»Moment«, sagte Frau Pagenandt, legte den Hörer neben den Apparat und rief ihrem Mann zu, der eben einem gewesenen Obersekretär namens Ernst Herburger ein Bruchband verkaufte: »Pagenandt, Telephon. *Mußt* du mitten im Weihnachtsgeschäft angerufen werden?«

Pagenandt sagte nichts, legte nur rasch dem gewesenen Obersekretär Herburger noch drei ansprechende Bruchband-Modelle hin, ging nach hinten und nahm den Hörer.

Es war Fioravanti. Wann er, Pagenandt, wiederkäme, fragte Fioravanti.

»Wir sind«, stotterte Pagenandt, »ich meine: meine Frau und ich ... das Weihnachtsgeschäft ... weil ich ja Drogist bin ...«

»Ich höre im Hintergrund«, sagte Fioravanti – die Verbindung war schlecht, Fioravantis Stimme schwankte und verschwand ab und zu hinter Wolken; außerdem zwitscherte nebenbei die Unterhaltung eines fremden Telephongesprächs – »Verzeihen Sie. Ich wollte nicht stören. Ich wollte nur fragen.«

»Ich muß erst ... ich muß ... wegen des Weihnachtsgeschäfts ... mit meiner Frau reden. Weil ja –«

»Ich verstehe. Fühlen Sie sich, bitte, nicht gedrängt. Ich wollte nur fragen.« Fioravantis Stimme hob sich in Ätherferne hinauf.

»Ich rufe Sie an«, schrie Pagenandt, »*bald*. Danke. Mr. Fioravanti, hören Sie mich?«

»Ja, doch. Schlecht. Sie rufen mich an, haben Sie gesagt?«

»Ja, bald. Nachher. Gleich. Danke.«

Pagenandt hängte ein und stand, obwohl sich draußen der gewesene Obersekretär Herburger bereits deutlich für das preiswertere Bruchband *Federtraum* der Firma Insistoris & Sprenger entschieden hatte, eine kurze Weile sinnend neben dem Telephon und schaute durch das kleine Fenster auf das verregnete Pflaster hinaus, in dem sich die elektrischen Kerzen der Adventsdekoration spiegelten, die eine sorgende Stadtverwaltung am letzten Samstag anbringen hatte lassen. Dann ging er hinaus, beglückwünschte den ehemaligen Obersekretär Herburger zu seiner Wahl, allerdings eher beiläufig, um nicht zu sagen: gedankenlos, kassierte, packte das Bruchband auf Herrn Herburgers Wunsch als Geschenk ein und wandte sich dem nächsten Kunden zu, einer Kundin, Frau Schwellhammer, einer entfernt angeheirateten Cousine von Pagenandts Mutter, mehr breit als hoch und mit einer erdbeerfarbenen walnußgroßen Warze am Kinn. Sie war so entfernt verwandt, daß man sich *Sie* sagte, und sie kaufte ein Paket Brustbonbons »Gemischte Tropensonne« sowie zwei grünliche Einlegesohlen, Duftnote: Pinie.

»Wer war das am Telephon?« fragte Frau Pagenandt unterm Bedienen.

»Mr. Fioravanti aus Rom.«

»So«, sagte Frau Pagenandt später, »soll das heißen, daß du schon wieder dorthin fährst?«

»Nein, nein«, sagte Pagenandt, »kann ich doch gar nicht. Wo der Laden voller Leute ist.«

Am 10. Dezember, das war ein Dienstag, fuhr Pagenandt doch. Fioravanti hatte noch dreimal angerufen, dann die Flugkarte geschickt. Außer den beiden Malen, als er in den Jahren seiner Ehe mit Frau Gunhilda Urlaub machte, das eine Mal auf Mallorca, das andere Mal in Tunesien, wobei das Ehepaar jeweils pauschaliert mit Charterflug gereist war, außer diesen beiden Fällen war Pagenandt noch nie geflogen. Erster Klasse schon gar nicht. Die Flugkarte, die Fioravanti geschickt hatte, war Erster Klasse, worauf übrigens erst die Boden-Stewardess Pagenandt hinwies.

Frau Pagenandt sagte nach dem zweiten Anruf nur »Aha!«, nach dem dritten: »Und den Laden soll ich allein machen?« Den dicken eingeschriebenen Brief mit der Flugkarte reichte sie ihm stumm, danach redete sie gar nichts mehr mit ihm. An dem betreffenden Dienstag trabte also Pagenandt zum Bahnhof. Es lag eine dünne Schneedecke, eher grau als weiß, die die Stadt diesmal nicht poetischer machte. Pagenandt achtete nicht darauf.

Er hatte für eine Vertretung gesorgt. Beim letzten Telephongespräch, das zum Glück stattfand, als sich Frau Pagenandt Dauerwellen applizieren ließ, hatte Pagenandt freimütig von seinen Schwierigkeiten geredet und von denen mit seiner Frau. Fioravanti hatte gesagt: »Nehmen Sie eine Vertretung. Die Kosten gehen auf meine Rechnung. Wirklich. Bitte. Zieren Sie sich nicht ...« und so weiter und »Sie wissen doch, ich sage es nicht gerne, daß ich mehr Geld habe, als ich ausgeben kann. Also?«

Eine Nichte des Bäckers, der seinen Laden neben Pagenandts Drogerie hatte, ein rothaariges Mädchen mit aufgeworfenen Lippen und dem für eine Drogerie nicht unpassenden Namen Camilla erklärte sich bereit, sogar gern, die Arbeit zu übernehmen. Camilla studierte in Erlangen das nicht gerade aussichtsreiche Fach Sozialpädagogik und war immer knapp an Geld. Sie »zog«, wie sie sich ausdrückte, den Beginn der Weihnachtsferien »etwas vor« und begann am Montag im Laden. Sie erwies sich als so anstellig, daß Frau Pagenandt beim Abschied von ihrem Mann immerhin ein, wenn auch grämliches: »Also dann!« über die Lippen brachte und hinzufügte: »An Weihnachten bist du vielleicht wieder da?«

»Ja. Sicher«, sagte Pagenandt.

Daß es ganz anders kam, ahnte natürlich noch niemand.

XIV

In Rom und in Tivoli und in Bagni di Tivoli lag selbstredend kein Schnee. Das schlechte Wetter, das Ende November die Stadt überzogen hatte, war verflogen. Die steingraue Dämmerung senkte sich über den Garten von Fenix' Villa, einen Garten, der eigentlich schon eher ein Park war. Der Himmel schimmerte in verschwenderischer Perlmuttfarbe, die Pinien bildeten dunkle Silhouetten. Fenix stand am Fenster, schaute eine Weile hinaus, wendete sich dann ins Zimmer und schaltete das Licht ein. Mit einem Schlag verwandelten sich die Fenster in große schwarze Flächen.

Schon in ›Swan-like Arrival‹ hatte Fenix den Hochstapler, der sich Conte Prezzemoli nannte, den bemerkenswerten Satz sagen lassen: »Raum und Zeit sind in die Seele eingelassene Chimären.« Später, in ›Diving A Trumpet In The Swimming-Pool‹ hatte die ungeheuer kluge Clara Pearl gesagt: »Ich könnte niemandem über den Weg trauen, der annimmt, die Zeit sei eine göttliche Einrichtung.« Der Satz hatte in dem Buch sogar eine gewisse dramaturgische Schlüsselposition, weil er dem Dean zu Ohren kam, worauf die kluge Clara nicht zum Theologie-Examen zugelassen wurde und sich dem, was ihre eigentliche Bestimmung werden sollte, zuwandte. Die Tragödie, die sich daraus ergab, kennt jeder, der das Buch gelesen hat, und wer hätte dieses Kultbuch der sechziger Jahre nicht gelesen.

In ›Swan-like Arrival‹ ließ Fenix jene Figur, die keinen Namen hat, die immer nur »derjenige« oder »der betreffende« oder »der andere« heißt, von der man nicht einmal weiß, ob sie männlich oder weiblich ist (das läßt sich im Englischen leichter darstellen als in jeder anderen Sprache), ein Gespräch von meisterlicher Eindringlichkeit mit dem in zwei Frauen gleichzeitig verliebten Fregattenkapitän führen, das in der Frage »des (der?) anderen« gipfelt: »Wieso können Sie sich einen so einfachen Vorgang, nämlich, daß die Zeit sich biegt, nicht vorstellen?« Worauf der Fregattenkapitän antwortet: »Ich habe schon mit dem gekrümmten Raum meine Schwierigkeiten.«

So zieht sich die Beschäftigung mit dem Phänomen Zeit durch alle Werke Fenix', und einer der wenigen Kritiker, die sich bemühten, herauszufinden, was in einem Buch wirklich gesagt wird, behauptete sogar, daß das ganze Werk von Fenix zusammengenommen eigentlich nur ein einziger Roman sei, der betitelt werden könne: ›A la recherche du temps ne pas à trouver‹. In seinem letzten, vor nun schon mehr als zwanzig Jahren erschienenen Buch: ›Eleven Tales‹ spielt jener Dedalus Nahum die Hauptrolle, dem eines Tages eine einzelne herausgerissene Seite eines Buches in die Hand fällt (die Seite 111/112; Zahlen haben bei Fenix immer eine Bedeutung gehabt, es ist nur unklar, welche), von der er so fasziniert ist, daß er nicht anders kann, als sich auf die Suche nach dem ganzen Buch zu machen. Hatte Fenix jene frühere Äußerung des italienischen Philosophie-Professors Albrandi gelesen, der behauptet hatte, Fenix' Werke seien wie Seiten aus ungeschriebenen Büchern gerissen? Nein. Fenix hatte nie irgend etwas gelesen, was über ihn geschrieben wurde, jedenfalls in den fünfzehn Jahren nicht, die vor ›Swan-like Arrival‹ lagen. Die Koinzidenz war zufällig.

Selbstverständlich findet Dedalus Nahum das Buch nicht. Es taucht sogar der Gedanke – also quasi der Gedanke Albrandis – auf, daß es die Seiten 1–110 und 113 folgende gar nicht gebe. Dedalus Nahum verwirft aber diesen Gedanken. Es muß, meint er, das Buch geben, und er scheut bald den Moment, in dem er es finden wird, weil er die Enttäuschung zu fürchten beginnt. Der Text auf den zwei Seiten, aus dem Zusammenhang gerissen, ist so unverständlich, daß Dedalus Nahum zu Herrang Harbs, seinem wortkargen Freund (in dem mancher ein Selbstportrait Fenix' zu erkennen glaubte), sagt: »Es könnte genauso gut eine Gebrauchsanweisung für landwirtschaftliche Maschinen wie eine Erklärung des Buches Kochelet sein.« – »Wehe«, sagte Herrang Harbs darauf, »wenn der Augenblick kommt, wo du es verstehst.« – »Wie lang oder besser gesagt: wie weit darf man *glauben*?« ließ Fenix Dedalus Nahum fragen, »wann und wo bin ich verpflichtet, anzufangen zu *verstehen*?«

Die Suche nach dem Buch, die Dedalus Nahum immerhin so weit bringt, daß er glaubt, es müsse sich um eine Übersetzung aus dem Portugiesischen handeln, wobei Portugiesisch aber nicht die Muttersprache des Autors sein könne, die Suche führt Dedalus Nahum in einen solchen Strudel an Zeit, in eine solche Verwirrung von Zeitebenen, daß er eines Tages durch sein nächtliches Haus läuft und feststellt, daß jede seiner viertausend Uhren anders geht, obwohl er sicher war, sie – wie immer – unlängst exakt gestellt zu haben. Einige der Uhren gingen sogar rückwärts.

Florious Fenix oder Signor Fioravanti (»Professore Fioravanti«, wie ihn Pio anzureden pflegte; sprach er zu Dritten, sagte er allerdings: »Il marchese ...«) hatte das Licht eingeschaltet. Er hatte sich vom Fenster abgewandt und ging jetzt hinüber in den Salotto, wo die meisten seiner nicht viertausend, aber immerhin knapp zweihundert Uhren hingen, standen und lagen, stellte fest, daß alle beruhigend gleich gingen und alle vorwärts.

XV

Der grüne Jaguar stand auf dem Flughafen *Leonardo da Vinci* in Fiumicino unten auf der Ankunftsebene im Halteverbot. Pio stand daneben und rauchte eine Zigarette. Die scharfe Vorschrift Fioravantis lautete, daß keine Verkehrsregel übertreten werden dürfe, auch nicht das leiseste Parkverbot. Fioravanti fürchtete natürlich jedes Aufsehen. Aber Pio, sonst treu in seiner Dankbarkeit, war außerstande, diese Vorschrift Fioravantis einzuhalten, sofern, versteht sich, Fioravanti-Fenix nicht dabei war. Sonst schon. Aber Fioravanti war nicht oft dabei.

So stand also Pio rauchend neben seinem (also Fioravanti-Fenix') grünem Jaguar, und er stand, alle anderen behindernd, frech im Halteverbot direkt vor der automatischen Glastüre, durch die *Signor Lepper* ungefähr um sieben Uhr herauskommen mußte, wenn das Flugzeug pünktlich war. (Das Wort »Pagenandt« brachte Pios Kehlkopf nicht zuwege. Nachdem Fenix einmal Pagenandts Kleppermantel als Phänomen, sozusagen als Wille und Vorstellung, erklärt hatte, übertrug sich in Pio diese Bezeichnung – ins italienische *Lepper* verschliffen – auf den Träger. Freilich redete Pio Herrn Lepper nicht so an, sondern in Abstufung zu seinem Herrn mit: »Dottore«.)

Wenige Meter weiter hinten waren in dem umzäumten Feld mehrere reguläre Parkplätze frei, aber ein italienischer Autofahrer, namentlich der Chauffeur eines so flaschengrünen Jaguars, hat förmlich eine seelische Sperre davor, den erlaubten Parkplatz aufzusuchen, wenn ein illegaler und möglichst andere behindernder erreichbar ist. Es ist wie mit der Geliebten und der Ehefrau. Das sieht selbst der Carabiniere ein, der nur einen müden Blick auf Pios fashionables Gefährt richtete. Seinen eigenen blaßblauen Streifenwagen hatte er quer über den Fußgängerüberweg gestellt, wo sich jetzt zwei offensichtlich südamerikanische Franziskaner strengster Observanz – sie waren trotz der Jahreszeit barfüßig – bemühten, ihren Kofferkuli um den Streifenwagen herumzuschieben.

Signor Lepper kam nicht pünktlich. Der Zug von Weiden nach Nürnberg hatte Verspätung gehabt, aber das war nicht ins Gewicht gefallen. Das Flugzeug um 1/2 4 von Nürnberg nach Frankfurt war pünktlich gewesen, aber das Flugzeug, das ungefähr um fünf Uhr in Frankfurt hatte abfliegen sollen, startete schon mit einer Stunde Verspätung, kreiste dann eine halbe Stunde über dem nächtlichen Rom und landete erst um acht Uhr. Die Schlange am Paßschalter war aber, wie es die unerforschlichen Causalitäten in Fiumicino wollten, kurz. Das Gepäck kam rasch.

Um viertel nach acht trat *Signor Lepper* im »Leppermantel« aus der automatischen Tür und blinzelte mißmutig, aber innerlich froh, in den fahlen Schein der Neonlampen hinaus.

»Buona sera, Dottore«, sagte Pio, warf die Zigarette weg und nahm Pagenandt den Koffer aus der Hand.

Fenix wartete, aber er wartete nicht ungeduldig, denn der treue Pio – »Passen Sie bitte auf das Auto da auf, das grüne, das im Halteverbot steht?« hatte er den Maresciallo gebeten – hatte sich nach einiger Zeit nach der Verspätung erkundigt und seinen Herrn angerufen. Pio hatte Pagenandt dann zunächst auf sein Zimmer geführt, oder besser gesagt: er hatte ihm die drei Räume im ersten Stock gezeigt, die Fioravanti schon vor Tagen für den Besuch herrichten hatte lassen. Pagenandt legte seinen Kleppermantel ab, machte sich etwas frisch. Rieb Deodorant (Reklamepackung des Herstellers, an und für sich zur Verteilung an Stammkunden gedacht) unter die Achseln, kämmte seine spärlichen Haare und ging dann mit der ihm bei äußerster Anstrengung erreichbaren am wenigsten grämlichen Miene hinunter, um Fenix zu begrüßen.

Fenix hatte sich um acht Uhr von Pios Frau ein leichtes Abendessen auftragen lassen, hatte sich dann eine Flasche Frascati genommen und in den Saal gesetzt, der seitlich in den Park hinausging. Ein Wasserstrahl kämpfte sich draußen durch eine grüne Überwucherung, um in ein ebenfalls stark bemoostes muschelförmiges Bekken zu fallen. Ein künstlerisch nicht bedeutender, aber handwerklich sehr geschickter Bildhauer des XIX. Jahrhunderts mit Namen Vincenzo Luccardi hatte sich unterfangen, den wohl weil zu großartigen, nie ganz ausgeführten Entwurf von Berninis Statuengruppe ›Chronos enthüllt die Wahrheit‹ quasi zu vollenden. In anerkennenswerter Bescheidenheit hatte Luccardi darauf verzichtet, die schwierige Komposition in Vollplastik auszuführen, und sich mit einem Hochrelief begnügt. Dennoch war das Ergebnis in gewisser Weise befriedigend. Es war gute hundert Jahre im Park eines adeligen Hauses in Umbrien gestanden, das nach Aussterben oder Verarmen der Familie in eine *Residenza* für reiche deutsche Röntgenologen umgewandelt wurde. Dort, wo Luccardis ›Chronos e verità nach Bernini‹ stand, kam der Tennisplatz hin. Fenix erfuhr zufällig davon, kaufte das Relief und ließ es über dem überwucherten Brunnen einmauern. Das war Jahre her. Die fetten Wasserlinsen lechzten nun schon an den Zehen der nackten Wahrheit. Fioravanti hatte auch zwei Strahler anbringen lassen, die das Arrangement beleuchteten.

Fenix saß da und hörte ›Turandot‹. »Puccini«, hatte er schon früher einmal zu Pagenandt gesagt, »ist der größte Musiker des zwanzigsten Jahrhunderts. Der Unterhaltungswert seiner Musik steht im Weg, daß das erkannt würde. Aber wer Ohren hat, hört es.«

Als Pagenandt eintrat, war Fenix beim dritten Akt gewesen. *Nessum dorma!* »Grade«, lachte Fenix und stülpte sein Gesicht ganz nach vorn, »*vincerò, vincerò!* ist Puccinis Geschirrkasten umgefallen. Und dabei übersieht jeder den erschreckenden, so einfachen wie raffinierten Trugschluß vorher. Eine Art Trugschluß – nicht im strengen Sinn der Harmonielehre. Eine trügerische Wendung nach G-Dur, wobei das ganze, große Orchester einsetzt, aber *leise.* Nichts ist leiser als ein großer Orchestereinsatz leise. Ich weiß nicht, ob Sie verstehen, was ich meine.«

»Doch, doch«, sagte Pagenandt.

»Bitte nehmen Sie Platz«, sagte Fenix, »ich freue mich, daß Sie wieder da sind. Hatten Sie eine gute Reise? abgesehen von der Verspätung? und Ihren Kleppermantel haben Sie dabei? Wie spät ist es?«

Pagenandt zog seine vorväterliche Uhr. »Kurz nach neun.«

Pios Frau brachte die andere Hälfte des leichten Abendessens und servierte es *Signor Lepper.* Fenix aß noch etwas Obst und reflektierte weiter über Puccini, mehr aber dann über Turandot.

»Ich verstehe nicht«, sagte er, »daß der Prinz

diese wenngleich schöne Furie überhaupt will. Principessa di gelo – sagt er selber. Kann er hoffen, daß sie je auftaut? *Die* nicht. Außerdem hat er die arrogante Nudel nicht erobert, sondern nur gewonnen. Man müßte eine ›Turandot‹-Variante schreiben: der Prinz löst die drei Rätsel, sagt aber dann, danke, Principessa, das war's; ich habe nicht unterschrieben, daß ich die Prinzessin, die ich gewonnen habe, auch nehmen muß!«

»Sie wäre tödlich beleidigt«, sagte Pagenandt.

»Nicht nur«, sagte Fenix, »sie wäre erniedrigt. Und das gönnte ich ihr.«

»Ich verstehe nicht«, sagte Pagenandt, »wem gönnen Sie was?«

»Der Prinzessin Turandot –«

»Hat es sie gegeben?«

»Im Märchen schon.«

»Ach so«, sagte Pagenandt.

»Ich wollte Sie schon länger etwas fragen«, sagte Fenix.

Pagenandt legte die Gabel weg und schaute Fenix erwartend an.

»Später«, sagte Fenix nach einer Weile, »oder ein anderes Mal.«

Pagenandt stand so feierlich auf, wie es einem Drogisten aus Weiden in der Oberpfalz nur möglich ist, zog seine altväterliche Uhr aus der Tasche und sagte: »Mr. Fioravanti, ich wollte …

ich meine, ich habe mir im Flugzeug gedacht, das heißt ... ich habe mir eigentlich schon im Zug gedacht, Sie wissen, im Zug von Weiden nach Nürnberg ... habe ich mir gedacht, und weil Sie mir doch so, wie soll ich sagen, so behilflich waren ...«, er schluckte, verbesserte sich, »... sind, hier in Rom und in Tivoli, und alles ... und weil ich, oder weil *Sie*, weil ich meine, die Uhr gefällt Ihnen, und Sie sammeln ja Uhren, ob ich Ihnen die Uhr hier schenken darf.«

Pagenandt stand da, streckte seine Hand aus und hielt Fenix die Uhr hin. Fenix hielt das Glas, aus dem er eben trinken wollte, in halber Höhe zum Mund. »Weil«, fuhr Pagenandt fort, »ich meine, weil, ich habe ja keine Kinder, nie gehabt, und dann erbt sie womöglich irgendein Verwandter von meiner Frau ... und ich ... ich meine ... Sie ... beziehungsweise ...«

Fenix stellte langsam ungetrunken sein Glas hin, stand auch auf, schob sein Gesicht ganz nach außen, nahm die Uhr und sagte: »Danke.«

XVI

Auch schon in ›Diving A Trumpet In The Swimming-Pool‹ kommt eine Figur vor, die keinen Namen hat, wobei es hier aber klar ist, daß es sich bei ihm um einen Mann handelt. Nur der ganz aufmerksame Leser findet heraus, daß dieser Mann ohne Namen in einer näheren Beziehung zu Semiramis Nazaré steht und daß diese Beziehung eigentlich die Hauptsache an dem Buch ist, wenngleich die Figur nie genannt oder beschrieben wird. Sie steht außerhalb der niedergeschriebenen Handlung, bewegt sie aber unsichtbar; bewegt sie wie die Gravitation die Planeten. Einen winzigen Blick gestattete der Autor auf die Schmerzen Semiramis Nazarés und des ungenannten Mannes in jener Szene, als nach einem tiefen Abgrund an Jahren der Mann ohne Namen in einer fernen Stadt die Ankündigung an einer Plakatsäule liest: Semiramis Nazaré singt die Titelrolle in der ›Tosca‹. Der Ungenannte geht hin, erleidet aber noch im Foyer des Opernhauses einen Herzanfall, was dem Autor gestattet, die Figur des Dr. Selbander einzuführen, der hinterher die eigentlich tragende Rolle im letzten Akt der Tragödie spielt, die, wie jeder weiß, der das Buch gelesen hat, weder mit Semiramis Nazaré noch mit dem ungenannten Mann etwas zu tun hat, der auch spurlos aus der Erzählung verschwindet.

Semiramis Nazaré hieß in Wirklichkeit natürlich nicht Semiramis Nazaré. Sie war zu der Zeit, als Fenix sie kennenlernte, eine junge Sopranistin, die eben die Juillard-School als Schülerin verlassen hatte, um sogleich als Professorin dort zu lehren. Fenix war zu der Zeit im Begriff, die Wolkendecke des Ruhmes endgültig zu durchstoßen. Er trat damals noch öffentlich auf, las aus seinen Büchern. An einem 1. Dezember las Fenix in einem literarischen Club in Manhattan, und danach umringten unzählige Bewunderer den wackeligen Tisch, an dem Fenix gesessen war, und hielten ihm Bücher hin, die er signieren sollte. Nach einer Stunde erst hatten sich alle verlaufen, und außer den Mitarbeitern des Clubs, die damit beschäftigt waren, die Stühle wegzuräumen, stand nur eine junge Frau im Saal, die jetzt zu Fenix vortrat und sagte: »Ich bin Semiramis Nazaré.«

Fenix hatte von ihr gehört, aber er hatte sie nie gesehen. Er schwöre, sagte er später einmal, daß er sie dennoch erkannt hätte.

Fenix war damals, was die Leser jener schleißigen Biographie wissen, mit einer ziemlich erfolgreichen Innenarchitektin verheiratet. Nachdem Semiramis Nazaré – also die echte, das Vorbild der Romanfigur – drei Jahre gewartet hatte, daß

Fenix endgültig zu ihr käme, zerbrach sie. Das Groteske an der Tragödie war, daß auch Fenix, als Semiramis Nazaré eines Tages, für Fenix völlig unvermittelt, aber von ihr höchst sorgfältig vorbereitet, aus New York verschwunden war, zerbrach. Es war ihm von dem Augenblick an nicht mehr möglich, in der – im übrigen äußerst großzügigen – Wohnung zu atmen, in der er mit seiner Frau gelebt hatte. Semiramis Nazaré hatte ein kleines Apartment in der Upper West Side gehabt, nicht die beste Gegend, aber auch nicht die schlechteste. Am Türschild stand: »Nazaré & F.« (Fast hätte man es für eine Firma halten können.) Semiramis hatte in aller Stille und gründlich die Wohnung aufgelöst. Als Fenix nichtsahnend an jenem Dienstag wie jeden Dienstag das Apartment aufsperren wollte, paßte der Schlüssel nicht mehr, und erst dann erkannte er, daß statt des Messingschildes »Nazaré & F.« ein Aluminiumtäfelchen *J. Gedsudski* (oder so ähnlich) an die Tür geschraubt war.

Der Mann ohne Namen zerfiel, wie in jenem XVI. Kapitel von ›Diving A Trumpet In The Swimming-Pool‹ geschrieben steht, das der Gegenstand von gut und gern dreihunderttausend College-Aufsätzen und dreitausend linguistischen Dissertationen ist, setzte sich stumm und vierundzwanzig Stunden lang auf die Stufen des im Augenblick unbewohnten Hauses gegenüber dem Haus, in dem Semiramis Nazaré nicht mehr wohnte. Ist es je einem Leser aufgefallen, daß es die Adresse jenes Hauses ist, von der aus »Sergio« zu der letzten seiner drei Fußreisen aufbrach? zu der Reise, die genau auf Seite 91 von ›Diving A Trumpet In The Swimming-Pool‹ zur Katastrophe führt? Damals verkehrte Fenix wenigstens noch brieflich mit seinem Verlag. Es gibt eine Reihe von Briefen von ihm, die den Punkt »Seite 91« betreffen. Fenix bestand eigensinnig darauf, daß diese Episode exakt auf Seite 91 enden müsse. Beim Satz sei unbedingt darauf zu achten. Da Schwierigkeiten dabei auftraten, die der Verleger dem Autor devot unterbreitete, erklärte sich Fenix zum Erstaunen des ganzen Verlages dazu bereit, ganze zwei Seiten zusätzlich zu schreiben, um auf 91 zu kommen. Was das bei dem konzentrierten Stil von Fenix bedeutete, kann jeder ermessen, der das Werk kennt.

(Es sind übrigens die zwei Seiten, weiter vorn eingefügt, auf denen die zwerchfellerschütternde Szene geschildert wird, wie ein junger Börsenmakler – der Bruder der klugen Delfina Martini – mitten im Trubel der New Yorker Börse gerade dann, als es am hektischsten ist, zu seinem Chief-broker sagt: es falle ihm im Augenblick nicht ein, wo die Zeile »God, what fools that humans be« stehe, worauf dem Chief-broker alle drei Telephonhörer entfallen, er erstarrt und er muß wie eine Salzsäule aus dem Saal getragen werden. Dadurch sinken die Karbid-Aktien um 1 1/2 Punkte, was, wie man weiß, den Weltuntergang herbeiführte.)

In den vierundzwanzig Stunden, die Florious Fenix auf den Stufen des unbewohnten Hauses in der Upper West Side saß, zerfiel er langsam zu etwa erbsengroßen Körnern. Nur einmal, gegen vier Uhr früh, ging er in ein Café an der Columbus Avenue und trank zwei Flaschen Mineralwasser. Es regnete. In der dreiundvierzigsten Stunde, das war also am übernächsten Tag gegen halb elf Uhr, warf ein Passant Fenix ein Vierteldollarstück in den Hut. Fenix erschrak und ging dorthin, wo er nicht mehr zuhause war. Seine Frau, die nicht mehr seine Frau war, war in Tränen aufgelöst. Fenix, mit einer inneren Stärke aus gehärtetem Stahl ausgerüstet, versicherte wahrheitsgemäß, daß er bei keiner anderen Frau gewesen sei, daß er aber hier nicht mehr bleiben könne. Er zog zunächst in ein Hotel. Einer der ersten Briefe, die Fenix nachgesandt wurden, war die Mitteilung einer Spedition, daß gewisse Dinge hinterlegt seien und abgeholt werden können, nämlich die wenigen Sachen – seine »Dienstag-Ausstattung« – aus Semiramis' Wohnung, die Fenix gehörten: ein paar Bücher, zwei Hemden, ein kleines Ölbild eines unbekannten italienischen

Meisters des XVII. Jahrhunderts: ›Chronos enthüllt die Wahrheit‹.

Es war auch der Tag, nachdem ›Eleven Tales‹, Fenix' letztes Buch, ausgeliefert worden war. Ein anderer nachgesandter – dickerer – Brief enthielt das erste Vorausexemplar.

Fenix legte ein Blatt des Gästebriefpapiers auf den Schreibtisch und schrieb darauf: Seite 1 ›An Enthusiast Of Odd Numbers. Eine Anordnung.‹ Dann saß er vierundzwanzig Stunden vor dem im übrigen leeren Blatt. In der fünfundzwanzigsten fügten sich die erbsengroßen Stücke notdürftig zu einem gläsernen Schaum zusammen, der etwa das Aussehen von Florious Fenix annahm. Das schwarze Stubenmädchen klopfte und fragte, ob sie das Zimmer säubern dürfe.

Zwei Jahre lebte Fenix in Hotels. Er beschäftigte sich fast ausschließlich damit, zu überlegen, wohin er sich zurückziehen solle. Er schrieb an die Leute, mit denen er damals noch verkehrte. In jedem Brief gab er einen – jeweils anderen – Bericht von seinem angeblich bevorstehenden Umzug in ein französisches Schloß, auf eine mittel-amerikanische Insel, in eine bewohnbare Luftkapsel im Ontario-See, in den Kreml oder was dergleichen abstruse Dinge mehr waren. Die Schilderungen der Umzüge waren so komisch, daß später einmal einer der Briefempfänger auf einer – von Fenix selbstverständlich gemiedenen –

»Florious-Fenix-Konferenz« in San Francisco den Vorschlag machte, die gesammelten Briefe, insgesamt über hundert, als Buch mit dem Titel: ›Moving Florious‹ herauszugeben. Fenix reagierte wütend und verbot es. Die seinerzeitigen Briefempfänger erhielten gleichlautende, hektographierte Briefe, daß ab sofort jeder Briefverkehr abgebrochen werde. Mr. Theo Blumenthal, in dem manche das Vorbild für »Sergio« sahen, einer der wenigen wirklichen Freunde Fenix', vermutete, daß das Ganze aber nur ein Vorwand gewesen sei, um sich auch von allen Leuten abzusondern, die je mit ihm in nähere Berührung gekommen waren. Nach den zwei Jahren fand Fenix die Farm, die er nach und nach in eine Festung verwandelte. Er schrieb keine Briefe mehr.

Aber er forschte nach. Es war nicht schwer. Den Ruhm der Maria Callas hatte Semiramis Nazaré nicht (noch nicht?) erreicht, aber sie war inzwischen immerhin so bekannt geworden, daß ihr Name und ihr Bild selbst in solchen Provinzzeitungen auftauchten, die die krummzehige Mrs. Blumley jeden Tag schickte. Eine Zeitlang lebte Semiramis Nazaré in San Francisco, dann einige Jahre in Tokio. Später zog sie nach Montreux. Fenix erfuhr ihre Adressen, sogar ihre Telephonnummern. Er rief nicht an. Fenix studierte die Bilder, die manchmal zu den Berichten über ihre Auftritte erschienen. Es war unübersehbar, daß gelegentlich ein Herr leicht seitlich im Hintergrund stand. Es war immer der gleiche Herr. Fenix wußte, daß auch eine von ihrer Musik besessene Künstlerin gewisse weibliche Bedürfnisse hat; vielleicht *gerade* sie. Aber auf all diesen Photographien, die Semiramis Nazaré in die Kamera blickend zeigten, war zu sehen, daß jener Herr nicht die Rolle in ihrer Seele spielte, die Fenix gespielt hatte. Dennoch fuhr Fenix, als er eines Tages diesen Zusammenhang erkannte, nach New York, fuhr mit dem Lift in den siebzehnten Stock des Hochhauses in der Upper West Side hinauf und überlebte den Anblick der Tür, an der jetzt ein Täfelchen mit dem Namen *Michael M. Mickeranno* geschraubt war, nicht. Nach wenigen Minuten fuhr der tote Fenix mit dem Lift wieder hinunter und setzte sich wie damals auf die Stufen des Hauses gegenüber. Diesmal saß er nur knapp eine Stunde dort, aber nur deswegen, weil das Haus inzwischen bewohnt war und einer der Hausbewohner, als er hineinging, stutzte, Fenix anschaute und sagte: »Kann ich Ihnen helfen?« und, nach Fenix' Kopfschütteln: »Wissen Sie, daß Sie Florious Fenix verdammt ähnlich sehen?«

Auch in Rom wohnte Fenix in den ersten Monaten, bis er die Villa in Bagni di Tivoli fand, in einem Hotel, und zwar im Hotel *Colonna Palace* an der Piazza Montecitorio. In dem Hotel logierte auch, und zwar ständig, der damalige italienische Außenminister, ein Venezianer mit fettiger Breitschwanzfrisur, der aussah wie ein Pferdemetzger, der in einer Laienspielgruppe den Judas Ischariot spielt. Fenix legte selbstverständlich keinen Wert auf den Kontakt mit dem Außenminister, schätzte es aber, daß das Hotel ständig von der Polizei bewacht wurde. Das verdeckte auch Fenix' Spuren.

Gegen elf Uhr pflegte Fenix damals immer ins *Tazza d'oro* zu gehen. Es gibt dort, so meinen viele und wahrscheinlich zu Recht, den besten Kaffee, »zwar nicht Roms«, wie Alberto Moravia zu sagen pflegte, »aber der Welt«. Am alten gotischen Palazzo Capranica, in dem seit Jahren ein Kino untergebracht ist, stand ein Bauzaun. Der tägliche Weg, der Fenix vom *Colonna Palace* ins Café führte, kreuzte die Piazza Capranica. Es war wieder ein Dienstag, als Fenix am Bauzaun das neue Plakat sah. Alle wichtigen Plakate Roms kleben an Bauzäunen. Semiramis Nazaré sang die *Minnie* in Puccinis ›Fanciulla del West‹.

XVII

Harro Berengar zweifelte nach dem schmeichelhaften Schreiben, das er – vermeintlich – von Florious Fenix bekommen hatte, nicht daran, daß er von seinem großen Kollegen empfangen würde. Er zweifelte nicht einmal daran, daß er freudig, ja herzlich empfangen würde. Dennoch überlegte er, als er mit einem Gesicht, das er selber als »fest entschlossen« umrissen hätte, durch den gelblichen römischen Regen zur nächsten Omnibusstation ging, ob er nicht doch vor seinem Besuch anrufen solle. Man überfällt so einfach ja auch einen guten Freund nicht: »Halloh?« »Halloh? Mr. Fenix? Here ist Berengar, Harro Berengar from Germany.« – »Oh! Harro Berengar, are you in Rome? How nice, you *must* come to visit me – may I say Harro? I am Florious ...«

Aber die Telephonnummern bekam Berengar auch durch seine römischen Gewährsleute nicht heraus. Es war eine Geheimnummer, und die SIP blieb eisern.

Also entschloß sich Berengar zu einem Telegramm. Nach mehreren verworfenen Fassungen lautete der Text: »Bin zufällig ein paar Tage in Rom. Konnte Sie telephonisch nicht erreichen. Erlaube mir kurzen Besuch, morgen 16 Uhr. Ihr Harro Berengar.«

Berengar wußte natürlich, wie alle Welt, jedenfalls alle gebildete Welt, daß Fenix scheu und zurückgezogen lebte. Sicher war er also um 4 Uhr nachmittags zu Hause. Ein eventueller Mittagsschlaf ist um diese Zeit vorbei. »At last! mein lieber, lieber Kollege Berengar.« Fenix kam Berengar mit ausgebreiteten Armen, über den gepflegten Kiesweg federnden Schrittes hineilend, entgegen, nachdem ein zunächst mißtrauischer Domestike das Tor geöffnet hatte. Obwohl das letzte und zudem unscharfe Photo von Fenix, das Berengar selbstverständlich vor Augen hatte, alt und zudem verwackelt war, erkannte Berengar Fenix sofort. In der Hand hielt Fenix den ersten Band der ›Westpreußischen Trilogie‹ Berengars, in der er eben gelesen hatte. »My dear Harro ... jetzt lasse ich Sie aber zwei Stunden lang nicht mehr weg. Was trinken Sie? Tee? oder Kaffee? oder ein Glas Frascati ...?« Berengar entschied sich für den Frascati. Tee oder Kaffee so spät am Nachmittag vertrug er schlecht ...

Berengar wohnte in einem Gästezimmer des Goethe-Instituts. Zunächst raunend, dann aber – er konnte einfach nicht anders, es ließ sich nicht mehr halten – offen und in allen Einzelheiten erzählte er den Damen und Herren vom Goethe-Institut (beim geselligen Teil im kleinen Kreis nach seiner Lesung) von seiner Entdeckung.

»Was? Florious Fenix lebt in Tivoli?«

»Seit Jahren schon«, sagte Berengar mit Größe. Er ließ auf die Zuhörer einen Teil seines silbermelierten Durchblicks herab.

»Ist ja nicht zu fassen«, staunte der Direktor.

»Und da muß erst Harro Berengar kommen«, sagte Berengar, »um das herauszufinden. Übermorgen bin ich dort eingeladen.«

Noch ehe Berengar am nächsten Tag das Telegramm abschickte, hatte sich die Nachricht wie ein Lauffeuer verbreitet. Die genaue Adresse allerdings hatte Berengar nicht preisgegeben. Von dem Augenblick an glaubte er zu bemerken, daß alle im Goethe-Institut – bis herunter zum Portier – stets einen unsichtbaren roten Teppich vor ihm ausrollten. Als sich Berengar am entscheidenden Tag seinen modischen Drei-Tage-Bart mit Hilfe eines Kamm-Rasierers stutzte, bemerkte er im Spiegel einen leichten Abglanz der Aureole, die das Haupt eines Auserwählten umleuchtet. Kurz nachdem sich Berengar rasiert hatte, kam schon der erste Journalist, ein findiger junger Mensch namens Cherubin Teuflisch, dem es beinahe gelungen wäre, dem ohnedies vor Informationsdrang nahezu überkochenden Berengar die Adresse Fenix' zu entlocken. Cherubin Teuflisch war der Korrespondent einer deutschen Knall-Zeitung in Rom. Er merkte sofort, daß man Berengar nur zu schmeicheln brauchte, verriet aber durch die unbedachte Äußerung:

»Ach, Herr Berengar, Sie sind auch Schriftsteller?«, daß er vom Ruhm des *westpreußischen James Joyce* keine Ahnung hatte. Berengar verstummte sofort und beendete das Interview.

Gegen halb drei winkte Berengar an der Porta Pia einem Taxi.

XVIII

Fenix war eine Stunde oder noch länger in der Villa Adriana herumgegangen. Es war ein trüber Tag, und obwohl nicht Montag und noch Besuchszeit war, gab es keinen Menschen außer Fenix weit und breit in den Ruinen.

Die Hände ganz tief in den Hosentaschen, so daß das Tuch der Hose beulte, wartete Fenix, das Gesicht ganz in den Kopf zurückgezogen, bis ihn Pio abholte. Die Nässe auf den Wegen und auf den kahlen Bäumen und in der Luft verteilte den Schwefelgeruch der Bagni bis hier herauf. (Die Leute hielten ihn für gesund.)

Im Haus saß Fenix danach einige Zeit in dem großen Saal im *Piano nobile* und schaute zum Fenster in den Park hinaus. Der frühe Abend färbte auch die immergrünen Bäume dunkelgrau. Einige Uhren schlugen. Fenix stand auf und ging in den oberen Stock hinauf, wo sein Gast Pagenandt wohnte.

Pagenandt hatte – ein Luxus wie vorher noch nie auf seinen Reisen – drei Zimmer: ein Vorzimmer, einen Salotto mit kleinem Balkon auf die Gartenseite und ein Schlafzimmer, vom Salotto durch einen schweren Vorhang getrennt.

Fenix klopfte. Er glaubte, die schwache, mürrische Stimme Pagenandts gehört zu haben. Fenix trat ein und stutzte. Pagenandt hatte den Vorhang zwischen Salotto und Schlafzimmer beiseite geschoben. Der Drogist kniete, den Rükken zur fernen Tür gewandt, vor seinem Bett.

Pagenandt betet, dachte Fenix. Erschrocken schaute Pagenandt um, als er Fenix' Schritt hörte, der aber schon wieder durch die Tür zurück und hinaus wollte.

»Verzeihung«, sagte Fenix, »ich wollte nicht Ihre Andacht stören.«

»Wie bitte?« fragte der Drogist, ohne aufzustehen.

»Ich will Ihnen natürlich in nichts dreinreden«, sagte Fenix, »aber Sie wissen es vielleicht nicht: das Haus hier verfügt über eine Hauskapelle. Sie ist meines Wissens sogar geweiht, dem heiligen Judas Thaddäus, wenn ich richtig unterrichtet bin. Obwohl seit unvordenklichen Zeiten keine Messe mehr hier gelesen wurde, *geht* sie noch.« Fenix sprach von der Kapelle wie von einer Uhr. »Sie können sich gern der Kapelle bedienen.«

Pagenandt stand auf. Er hatte nur eine Hose unter die Matratze geschoben.

»Ich habe zwei Hosen dabei«, sagte er etwas verlegen, »wechsle umschichtig. Die ich grad nicht anhabe, lege ich unter die Matratze. Wenn man eine Nacht drauf schläft, ist sie wie gebügelt. Ich kann das empfehlen.«

Fenix stutzte.

»Hm«, sagte er dann, »auf die Idee bin ich noch nie gekommen. Aber Sie können Ihre Hosen auch Teresa geben, die bügelt sie dann mit dem Bügeleisen. So mache ich's.«

Fenix bat dann darum, sich für einen Moment in den Salotto setzen zu dürfen.

Pagenandt verzog das Gesicht, daß er fast zu lächeln schien, und sagte: »Es ist *Ihr* Haus.«

Fenix setzte sich. Pagenandt hätte am liebsten doch seine Hose in gewohnter Weise unter die Matratze geschoben, wagte es aber nicht mehr und legte die Hose aufs Bett. Dann setzte er sich Fenix gegenüber.

Fenix stülpte sein Gesicht in ganz seltsamer Weise seitlich nach vorn und sagte: »Der gleichzeitig in zwei Frauen verliebte Fregattenkapitän – Enzor Faramund, wobei die Schreibweise im Verlauf des Buches von Farramund über Faramond zu Faramont wechselte, was von den meisten Rezensenten übersehen, von den wenigen, die es bemerkten, für Druckfehler gehalten wurde – hatte nie in seinem Leben ein Schiff betreten. Wie er es dennoch zum Fregattenkapitän bringen konnte, ist in einem der, nach allgemeiner Meinung, amüsantesten Abschnitte von ›Swan-like Arrival‹ geschildert. Ganz am Ende des Buches betritt Faramund aber doch noch ein Schiff: die Marine veranstaltete am National Navy Day ein Volksfest für Kinder, und wer zehn Cents bezahlte, durfte auf ein ausgedientes Kanonenboot (die »Semiramis«) steigen. Das tat Faramund, allerdings in Zivil. Es war am Tag, bevor er mich zur Oper begleitete.«

»Ach«, sagte Pagenandt, »Sie reden von einem Buch?«

»Ja. Wir fuhren mit dem Omnibus, es war die Linie 71; ich wohnte damals noch nicht hier in Tivoli, ich wohnte noch im Hotel. Ich erinnere mich genau, daß es ein Omnibus der Linie 71 war, denn das ist nicht nur eine ungerade Zahl, es ist, wenn ich mich nicht irre, auch eine Primzahl.«

»Was ist, bitte, ›Swan-like Arrival‹?« fragte Pagenandt.

»Irgendein Unsinn«, sagte Fenix. »Kennen Sie Fermat?«

»Nein«, sagte Pagenandt.

»Unterhalte ich Sie schlecht?« fragte Fenix. »Ich rede oft Dinge, die ... jedenfalls hätte damals Semiramis Nazaré gesungen. Die Minnie. Sie kennen meine Vorliebe für Puccini.«

»Ja, doch«, sagte Pagenandt, »und sie hat dann nicht gesungen?«

»Ich weiß es nicht, ich war nicht drin. Nur der Fregattenkapitän ist hineingegangen. Aber – doch, selbstverständlich, sicher hat sie gesungen, sonst hätte das am nächsten Tag in der Zeitung gestanden. Ich bin nicht hineingegangen. Ich habe meine Karte einer jungen Dame geschenkt, die sehr schön war, aber geschielt hat.«

»Ich verstehe nicht viel von Opern«, sagte Pagenandt, »man kommt nicht oft dazu, in die Oper zu gehen. Als Drogist. Ich meine: in Weiden in der Oberpfalz. Hat es dem Herrn Fregattenkapitän gefallen?«

»Ich habe ihn nie wiedergesehen«, sagte Fenix.

»Ach«, sagte Pagenandt, »und trotzdem – ich verstehe nicht ganz, trotzdem steht die Sache in einem Buch …« Pagenandts Stimme wurde vertraulicher. »Haben *Sie* womöglich dieses Buch geschrieben?«

»Nein«, sagte Fenix, »dieses Buch hat niemand geschrieben.«

»Aha«, sagte Pagenandt, »aber – wie kann das sein, daß sich ein Buch selber schreibt?«

»Es kommt vor. Aber in diesem Fall ist es so, daß das Buch überhaupt nie geschrieben worden ist.«

»Schade«, sagte Pagenandt, »und der Fregattenkapitän hieß Fermat?«

»Nein. Fermat hieß ein Mensch, der 1665 als Parlamentsrat in Toulouse starb. Er muß ein Liebhaber ungerader Zahlen gewesen sein. Ich habe einmal den Artikel *Fermat* im Lexikon gesucht und bin durch Zufall – man schlägt ja nicht sofort die richtige Seite auf – auf James Ferguson gestoßen. Der steht zwei Seiten vorher. Stellen Sie sich vor: das war ein merkwürdiger Schotte, er war erst Schäfer, dann Portraitmaler und endlich Astronom und so etwas wie Professor in London und hat ein Buch über Newton geschrieben.«

»Herr Fermat?« fragte Pagenandt.

»Nein. Mr. Ferguson«, sagte Fenix.

»Sie erzählen natürlich sehr schön, aber etwas verwirrend«, sagte Pagenandt.

»Ich meine, ich habe im Lexikon den Artikel *Fermat* gesucht und den Artikel *Ferguson* gefunden. Und da habe ich entdeckt, daß auch der Artikel *Ferguson* interessant ist. Geht Ihnen das nicht auch immer so?«

»Eher nicht«, sagte Pagenandt.

»Auch Fermat war Naturwissenschaftler. Das *Fermatsche Problem.* Es ist inzwischen gelöst. Fermat hat sich mit Zahlen befaßt. Gibt es Zahlen überhaupt?«

»Als Drogist«, sagte Pagenandt, »muß ich diese Frage bejahen.«

Pio klopfte. »Es ist Ihre Suite hier«, sagte Fenix. »*Sie* müssen ›herein‹ sagen, wenn Sie wollen.«

Pagenandt verzog den Mund und sagte: »Herein.«

Pio brachte Harro Berengars Telegramm. Er gab es Fenix und starrte abwechselnd ihn und das Telegramm mit Augen, vor Entsetzen geweitet, an. Fenix drehte das Kuvert hin und her.

»Selten«, sagte Pagenandt, um etwas zu sagen, weil ihm die stumme Szene peinlich zu werden begann, »selten schickt man heutzutage noch Telegramme. Meistens telephoniert man. Oder faxt.«

Fenix achtete nicht mehr auf das, was Pagenandt sagte.

Pio wies auf die Adresse: »An Mr. Fenix.«

»Wohnt Mr. Fenix auch hier?« fragte Pagenandt.

»Ich muß mich entschuldigen, Mr. Pagenandt«, sagte Fenix.

»Aber ich bitte Sie, Signor Fioravanti«, sagte Pagenandt.

Fenix, der das Gesicht ganz weit in das Innere seines Kopfes zurückzog, eilte hinaus und hinunter in sein Arbeitszimmer. Pio hinterher. Fenix riß das Kuvert auf.

»Wer ist Harro Berengar? Woher hat der Kerl die Adresse? Woher weiß er, wer ich bin?«

»Von mir nicht«, jammerte Pio.

»Schon gut«, sagte Fenix, »hast du jemals den Namen gehört?«

Pio erstarrte.

»Was ist?«

»Das Paket, Signor Professore.«

»Was für ein Paket?«

»Hier.« Pio deutete auf einen Schrank, eine schwere eichene Arbeit, wohl aus dem XVI. Jahrhundert, die Fenix aus dem Nachlaß einer Herzogin von Otranto gekauft hatte. »Der Schrank«, hatte damals der Antiquitätenhändler Fenix zugeraunt, »ist älter als der Adel der letzten Besitzerin.«

Auf dem Schrank lag ungeöffnet ein ziemlich schwerer Karton in festes Packpapier gewickelt. Der Karton war zweimal über den Ozean gereist, einmal hin mit der Post, einmal zurück mit Fenix' Umzugsgut.

»Das Paket«, sagte Pio nochmals und kletterte auf einen Stuhl, holte es herunter. Fenix las den Absender: »Tatsächlich. Harro Berengar. Mach es auf.«

Pio zerschnitt den Spagat, riß das Papier weg, öffnete den Karton. »Bücher«, sagte er.

»Ich habe es vermutet«, sagte Fenix. Er legte den Kopf schief und las die Schrift auf den senkrecht in den Karton gestellten Büchern. »Stell sie wieder auf den Schrank.«

XIX

Auch Harro Berengar irrte sich. Er stieg in *Rebibbia* in den falschen Bus, nämlich in den, der einige Monate früher für Pagenandt der rechte gewesen wäre. Zum Glück hatte Berengar ein genügendes Polster an Zeit einkalkuliert, denn die Ungeduld hatte sich nicht länger zügeln lassen. Er hatte das Taxi an der Porta Pia viel zu früh genommen. Dazu kam noch der Zug der *Metropolitana* an der Piazza Bologna sofort, als Berengar den Bahnsteig betrat. Als Berengar an der Villa Adriana ausstieg, weil er meinte, das sei die von Fenix, war es noch nicht einmal viertel nach drei.

Harro Berengar stand vor der Entscheidung: sollte er die Zeit bis vier Uhr dadurch überbrükken, daß er – er kannte sie noch nicht – die Hadrians-Villa besichtigte? oder die Gefühle seiner Erwartung der künftigen Begegnung, die er zu den wichtigsten in seinem Leben schon jetzt rechnete, in ein lyrisches Gedicht goß? Immerhin hatte Harro Berengar, damals noch nicht der *westpreußische James Joyce,* einmal als Lyriker angefangen.

»Ich halte Sie in erster Linie für einen Lyriker«, hatte der hämische Sergio Kreisler einmal gesagt, »bitte Sie aber, das nicht persönlich aufzufassen.«

Berengar schüttelte die plötzlich auftauchende Erinnerung an den Neidhammel im Café *Kulisse* von sich und wählte eine ganz andere Überbrükkungs-Variante: er schritt zu einer Bar und bestellte einen Kaffee.

Es war eine ganz kleine Bar. Ein alter Mann saß in einem Eck vor einem großen Kühlschrank mit Glasscheiben, hinter denen die seltsamen Gelati-Kreationen der Firma *Sorbetteria Ranieri* dämmerten. Der Alte hatte einen rosaroten ›Gazzettino dello Sport‹ in seinen großen grauen Händen. Seine Frau werkelte hinter der Theke, ließ das Kaffeepulver in das pfannenförmige Teil der Espressomaschine schnalzen, das dann durch eine geübte Drehbewegung unter einen Überhang geklemmt wird. Die weiteren Vorgänge in der Maschine sind rätselhaft. Dampf entwich, während die Alte in einer Schublade grünliche und bräunliche Papiere, mit Stempeln und Marken versehen, in eine undurchschaubare Ordnung brachte. Harro Berengar zog den Zettel mit Florious Fenix' Adresse hervor und hielt ihn der Alten hin. Inzwischen war die kleine dickwandige Tasse – mit der verwaschenen Aufschrift der Kaffeefirma – vollgelaufen. Die Alte stellte sie auf die Untertasse, die sie schon vorher auf die Theke vor Berengar geschoben hatte, legte klirrend einen Aluminiumlöffel dazu und ein flaches Säckchen Zucker, mit Sternzeichen bedruckt und einem sehr kurzgefaßten Horoskop. Zusätzlich schob die Alte dann ein großes, fast eimerartiges Gefäß aus Stahl mit zwei Halbdeckeln hin, in dem ein langstieliger Löffel in schon klumpigem Zucker lag.

Berengar riß das Zuckersäckchen auf, schüttete den Inhalt in die kleine Tasse, löffelte dann noch zweimal aus dem Zuckergefäß. Es war mehr Zucker als Kaffee in der Tasse, aber Berengar trank gern süß.

Während er den kaffeeversetzten Zucker schlürfte, versuchte er das Horoskop auf dem Zucker zu entziffern. Er verstand es nicht ganz, aber offenbar war es günstig. Es betraf das Sternzeichen »Krebs«, unter dem, das wußte Berengar aus der dürftigen Fenix-Biographie, »der große Bruder« – wie ihn Berengar seit heute bei sich nannte – geboren war.

Es war gut, daß sich Berengar zum zeitfüllenden Kaffee entschlossen hatte. Er war nämlich der Meinung, die Villa Fenix' sei in unmittelbarer Nähe der Adriana. Zur Vorsicht oder mehr zur Sicherheit nahm Berengar sein ganzes Italienisch zusammen und fragte die Alte hinter der Theke nach der Villa. Die Alte verstand Berengars Italienisch nicht. Berengar schob ihr den Zettel mit der Adresse hin, worauf die Alte mit dem Mann, der in der Ecke saß, ein längeres Palaver anfing. Der Alte stand auf, faltete seine Zeitung zusammen, trat dicht vor Berengar hin, schaute zu dessen Silberlocken auf, malmte mit den Zähnen und dachte nach. Dann kratzte er seinen Kopf, sagte irgend etwas Unverständliches, das aber sichtlich erleuchtend war, und schob Berengar an die Tür. Dort hing die Reklame der *Cassa Rurale:* ein Ortsplan.

»Qui!« sagte der Alte und drückte seinen grauen Zeigefinger auf die eine Stelle, dann mit dem anderen Zeigefinger energisch auf den Boden. »Capito?«

»Sì, sì«, sagte Berengar.

»E il professore: qui«, sagte dann der Alte und fuhr mit dem Finger weit hinauf und blieb an einem grünen Fleck stehen.

»So weit?« sagte Berengar, »quanti? ich meine: quanti minuti?«

»Mezzora«, sagte die Alte von hinten.

»Eine halbe Stunde –!« Berengar schaute auf seine Uhr, zahlte, prägte sich – Sherlock Berengar – durch einen Blick auf den Plan den Weg ein, schob das Durchblick verratende Kinn vor und stürzte hinaus.

XX

Fenix rief Pio zu sich in das Zimmer, das als Fenix' Arbeitszimmer galt. Wäre ein Beobachter zugelassen worden, hätte der freilich die Bezeichnung allenfalls deswegen als zutreffend betrachtet, weil sich in diesem Raum die meisten Uhren befanden, und also die meiste Arbeit des Aufziehens und Nach- und Richtigstellens hier stattfand.

»Besorgen Sie Watte«, sagte Fioravanti.

»Watte, ja«, sagte Pio.

»Sie müssen mich richtig verstehen«, sagte Fioravanti: »besorgen Sie *viel* Watte.«

»Watte gibt es in Beuteln«, sagte Pio, »in durchsichtigen Beuteln, so groß ungefähr. Zehn solche Beutel?«

»Ich denke«, sagte Fioravanti, »zweihundertfünfzig Beutel werden reichen. Die großen Uhren, also die Standuhren, müssen ohnedies anders verpackt werden.«

»Verpackt?« fragte Pio.

»Ich weiß nicht«, sagte Fioravanti, »Sie waren mir fast mehr ein Freund als ein ... ein ...« Fioravanti wollte nicht Diener sagen.

Pio half: »... als ein Custode. Es ehrt mich, Signor Professore.«

»Aber Sie werden nicht mitkommen wollen.

Ich denke an Schottland. Ich habe unlängst gelesen, daß dort eine Insel zu verkaufen ist.«

Pio schwieg. Die Anhänglichkeit an seinen großzügigen Herrn spielte eine Rolle bei seiner Betroffenheit; aber so ist der Mensch: Pio dachte auch und sofort an sein schönes Haus vorn am Tor, das keine Miete kostete, und an die Privilegien des Dieners eines so reichen Mannes, die alle auf einen Schlag verloren gehen sollten.

»Wann?« fragte Pio mit belegter Stimme.

»Heute«, sagte Fioravanti.

»Heute noch sollen wir die ganzen Uhren verpacken? Und Signor Lepper? Werfen Sie den hinaus?«

»Richtig. Signor Lepper. An den habe ich im Moment gar nicht gedacht.«

»Er möchte in die Stadt fahren«, sagte Pio etwas weinerlich. »Kurz nach vier Uhr will er fahren. Ich soll ihn zur Piazza Barberini bringen.«

»Wann kommt der – wie heißt er?«

»Der das Telegramm geschickt hat? Ich kann den Namen nicht aussprechen. Irgendwie ... wie Bergamo. Aber nicht Bergamo.«

»Wann kommt dieser Bergamo?«

»Um vier Uhr.«

»Wie spät ist es jetzt?« Fioravanti schaute auf seine Uhren: »Halb vier. Also gut. Es war nicht so gemeint: das mit heute. Aber –«

»– bald?« jammerte Pio.

»So ist es«, sagte Fioravanti, »und jetzt soll mir Ihre Frau eine Tasse Tee bringen. Sie soll ihn dünn machen. Ich muß mich an schottische Bräuche gewöhnen.«

Pio ging hinaus.

Vor vier Jahren war der Haushalt eines bedeutenden phönizischen Sammlers in Neapel aufgelöst worden. Fenix hatte davon erfahren und eine marmorne Kaminumrahmung gekauft, so daß seitdem dieses Arbeitszimmer jenes Element aufwies, auf das kein englischer Roman verzichten kann: einen Kaminsims. Fenix nahm vom Sims einen Umschlag aus schwarzer Pappe, um den zwei sehr alte Gummibänder kreuzweise geschlungen waren. Er entnahm dem Umschlag ein Bündel von sieben oder acht Blättern. Er warf einen Blick auf das Telegramm, das ebenfalls auf dem Sims lag, und las den Namen. »Berengar ...«, flüsterte er.

Dedalus Nahums wortkarger Freund Herrang Harbs erzählt in der zweiten der ›Eleven Tales‹, ›Inventor of Grey Water‹, von jenem Adrianus Smalvogt, der eine Sammlung von Flüchen angelegt hatte, geordnet nach Kaliber. Von sehr einfachen Flüchen wie »St. Petri Daumen soll dich zerquetschen« oder »Sollen dir die Haare ins Hirn wachsen« ging die Sammlung über mittelschwere, überdurchschnittlich schwere (zu denen die von Bischof Ernulphus mitgeteilte sehr lange und ausführliche Verfluchungssequenz der katholischen Kirche für Häretiker zählte) bis zu gräßlichen, grauenhaften, himmelschreienden, blasses Entsetzen erregenden, selbst abgebrühte Agnostiker in Weinkrämpfe verfallen lassenden, unverzüglich Furunkel hervorrufenden, vollkommen niedermähenden, zerfurchenden, zernichtenden, in den Erdboden mit erzzertrümmernder Gewalt niederbügelnden respective ungespitzt in diesen treibenden Flüchen, wobei Sonder- und Nebenformen heidnischer, vulgärer bis ordinärer, nur das Geschlechtliche oder die Verdauung betreffender und besonders gotteslästerlicher Flüche in eigenen Kapiteln angehängt wurden. Die Flüche, die Adrianus Smalvogt gesammelt hatte – und eines Tages gegen jenen verruchten Obadjah Pokatzky schleuderte, der, wie jeder weiß, der das Buch gelesen hat, den zum Glück fehlgeschlagenen Mordanschlag auf den Blumenhändler Glass auf dem Gewissen hat – stammten aus allen Kulturkreisen und Zeitaltern, von den Hethitern bis herauf zu Hulesch und Quenzel. »Die ungarischen Flüche aber«, pflegte Adrianus Smalvogt zu sagen, »sind die fürchterlichsten.«

Fenix hatte damals, als er diese Geschichte – eine seiner letzten – schrieb und noch unter Leuten verkehrte, den katholischen Pfarrer seines

Sprengels, einen literaturbesessenen Mann (er kommt als Monsignore Buzzweiser im vierten der ›Eleven Tales‹: ›A Marble-Venus in Body-Gloves‹ vor), zu Rate gezogen, und der hatte ihm – trotz gewisser Bedenken wegen des Beichtgeheimnisses, aber er nannte ja keinen Namen – die Liste aller von seinen Pfarrkindern gebeichteten Flüche mitgeteilt. Ein paar andere stammten von einem Vertrauensmann Fenix' in der Hafenarbeitergewerkschaft. »Aber die vom Pfarrer sind besser«, läßt Fenix Adrianus Smalvogt sagen. Fenix hatte damals teils aus Gründen der Proportionen seiner Erzählung, teils aus moralischen Bedenken nur etwa vier Fünftel der gesammelten Flüche in seiner Erzählung sozusagen namentlich erwähnt. Das restliche Fünftel verwahrte er in dem Umschlag aus schwarzer Pappe, der, seit es ihn im Haus Fenix' gab, auf dem Sims des phönizischen Kamins lag. Es waren so unerhörte, höllenhündische Flüche, daß bei plötzlichem Luftdruckwechsel nicht selten der Umschlag zu knistern anfing.

Und jetzt war die Stunde gekommen.

Fenix trat ans Fenster, besetzte alle »N. N.« in den Flüchen mit Berengars Namen und schleuderte sie hinunter in die Richtung, aus der, wie Fenix mit Recht vermutete, der *westpreußische James Joyce* kam.

Als Teresa klopfte, um den Tee zu bringen,

war Fenix eben fertig mit Fluchen und schloß das Fenster.

»Pio läßt fragen, Signor Professore«, sagte Teresa, »was man diesem Bergamo sagen soll, wenn er läutet.«

»Das beste wäre«, sagte Fioravanti, »Sie würden sagen: ich bin tot.«

Teresa bekreuzigte sich.

»Nein«, fuhr Fioravanti schnell fort, »das ist nicht gut. Er würde nicht ruhen, bis man ihm das Grab gezeigt hat. Hm. Ob man einen Grabstein mit meinem Namen anfertigen soll –?«

»O nein«, sagte Teresa, »das hat der kommunistische Bürgermeister von Feltre, wo wir herkommen, aus Jux getan, um seine Frau zu ärgern, und keine drei Wochen danach ist er an der Maulsperre gestorben. Stellen Sie sich vor: an der Maulsperre. Mitten in einer Rede. Hat den Mund nicht mehr zugebracht und ist verhungert.«

»Verhungert? Warum hat man ihn nicht gefüttert?«

»Schon. Aber probieren Sie einmal etwas bei offenem Mund zu schlucken.«

Fioravanti probierte es. Es ging nicht.

»Es geht nicht«, sagte er. »Außerdem ist es schon halb vier vorbei. Dieser Bergamo kommt, bevor noch ein Grabstein fertig sein könnte.«

»Ich sage: der Herr Marchese ist nicht zu sprechen.«

»Nein, da kommt er in einer Stunde wieder.«

»Oder ich sage: der Herr Marchese ist verreist.«

»Das ist schon besser. Sagen Sie ihm: der Herr Marchese ist im Begriff zu verreisen ...«

Teresa repetierte: »... im Begriff zu verreisen ...«

»Ich muß nur Zeit gewinnen«, sagte Fenix auf englisch, leise, eher zu sich, »einen Monat –«

»Wie bitte?« fragte Teresa.

»Nichts. Ich habe nur überlegt. Sagen Sie ihm: der Marchese reise nach ... sagen wir ... nach Rio de Janeiro, und dort erwarte er den Herrn Bergamo – Teresa: er heißt in Wirklichkeit Berengar ... dort erwartet er also den Herrn Berengar ... lassen wir uns Zeit und ihn schmoren: am 23. Dezember nachmittags um vier in der Lobby des Hotels *Plaza.*«

»Gibt es dort ein Hotel *Plaza*?«

»Wenn nicht, um so besser«, lachte Fenix. »Vor Anfang Januar kann er nicht wieder hier sein. Vorausgesetzt, es bringt ihn nicht ohnedies ein Straßenräuber dort um.«

Teresa ging.

»Teresa!« Teresa drehte sich um. »Pio bringt Signor Lepper in die Stadt. Sagen Sie ihm nochmals, er soll die Watte nicht vergessen.«

Teresa nickte.

»Und noch was«, Fenix zog sein Gesicht weit

in seinen Kopf zurück, »lassen Sie das mit dem Hotel *Plaza*. Ich bin nicht abergläubisch: Sagen Sie, ich sei gestorben.«

»Wenn das nur gutgeht!« brummte Teresa.

Zoten, Obszönitäten, unappetitliche Ausdrükke oder Umstände, Heranziehung von Dingen, die mit der Verdauung zusammenhängen – sonst in der neuen Literatur seit etwa Hemingway und insbesondere bei jungen Fäkalisten nahezu unumgänglich –, kommen bei Florious Fenix nicht vor, worauf im übrigen noch nie ein Kritiker hingewiesen hat. Fenix war auch im Schreiben ein Gentleman. Nur eine Ausnahme gibt es: jener von Adrianus Smalvogt verfluchte Pokatzky starb, nein: verreckte an einem apokalyptischen Durchfall, dessen Verlauf mit einigen, wenn man so sagen darf, so anrüchigen wie genialen Pinselstrichen gezeichnet ist.

XXI

Der Weg war weiter, als Berengar auf Grund der offenbar nur sehr beiläufigen Angabe des alten Mannes in der Bar angenommen hatte. Außerdem führte er aufwärts.

Berengar fror und schwitzte. Der Regen war

kalt, die Straße glatt. Einmal rutschte Berengar auf einem besonders glatten Stein im Trottoir aus und fiel gegen einen Blumenkübel. Es gab einen stechenden Schmerz in der Hüfte. Berengar kümmerte es nicht. Er rappelte sich auf, schob die Scherben des Blumenkübels mit dem Fuß zusammen, niemand hatte etwas gesehen; er eilte weiter. Wenige Minuten nach vier Uhr kam er ans Tor. Noch ehe er läuten konnte, öffnete sich das Tor, der flaschengrüne Jaguar rollte nahezu lautlos auf die Straße heraus. Im Fond saß, die Kleppermütze in die Stirn gezogen, Pagenandt.

Berengar stutzte. Er sah Teresa, die jetzt das Tor schloß. Berengar wandte den Blick hin und her: zu Teresa, dann zu dem davonfahrenden Jaguar. Für einige Augenblicke verflüchtigte sich die Bedeutsamkeit aus Berengars Auge, und auf seinem Gesicht breitete sich, von der Nase ausgehend, Ratlosigkeit aus.

»Signor Bero... Bera...?« fragte Teresa.

»Berengar«, sagte Berengar, in dessen Auge jetzt die Bedeutsamkeit zurückschwappte, »telegrammo ... io! ... telegrammo ... Scrittore germania. Amico ...«

»Niente telegrammo e niente amico ...«, sagte Teresa und drehte den Schlüssel um. Die Ratlosigkeit trübte nicht mehr Berengars Stirn. Er warf nur noch einen Blick auf das Tor, dann wandte er sich zur Straße und rannte hinterher, was seine Beine leisteten. Unten bog der flaschengrüne Jaguar um die Ecke.

»E'! Signore!« schrie Teresa, »è morto! Tot, hören Sie?! Tot!«

Berengar tippte verächtlich an die Stirn und lief in die Richtung, in der das Auto verschwunden war.

XXII

»Wann, Dottore«, fragte Pio, als sie um die erste Ecke bogen, »soll ich Sie wieder abholen, und wo?«

(Nur hinter Pagenandts Rücken pflegte Pio den Namen Signor Lepper zu benutzen, dessen abschätzigen, verballhornten Charakter er ahnte. Im direkten Gespräch redete er ihn mit »Dottore« an, weil er sich nicht vorstellen konnte, daß sein Herr mit Leuten unter diesem Stand so vertraulich verkehre.)

»Ach so«, sagte Pagenandt mürrisch, »ich habe ja keine Uhr mehr. Um sieben Uhr, an der Piazza Barberini, dort, wo der Verrückte am Brunnen herumhüpft. Aber ich muß mir vorher eine Uhr kaufen.«

»Der Tabaccaio unten hat Sonderangebote. Sehr schöne Uhren. Das Stück 5000 Lire.«

»Das wird eine Qualität sein«, brummte Pagenandt.

»Na ja«, sagte Pio, »sie gehen, solang die Batterie läuft, und dann kauft man sich eine neue. Eine neue Uhr, nicht Batterie.«

»Gut. Bleiben Sie beim Tabaccaio stehen.«

XXIII

Pagenandt kramte mißmutig und unschlüssig in einer großen Plastikwanne, in der ein paar Dutzend längliche Klarsichtschachteln mit Uhren lagen. Er kramte lang und murrte innerlich über den Schund, der heutzutage verkauft wird. Nach Weiden in der Oberpfalz war unlängst so ein Vertreter für Schund-Uhren gekommen und hatte den Artikel angeboten. »Ich bin eine Drogerie«, hatte Pagenandt gesagt, »und keine Scherzartikelhandlung.« Dabei hatten diese Uhren an die dreißig Mark gekostet.

Pagenandt brauchte lange. Berengar holte das Auto ein, als Pagenandt eben wieder einstieg. Berengar – »Jetzt hat es Eile, my dear Watson«, sagte er zu sich – sah, daß schräg gegenüber ein

Taxistand war. Kosten spielten in dieser Lage, wo ihm das Glück lachte, für Berengar keine Rolle. Er riß die Tür des Taxi auf. Der Taxifahrer verstand, obwohl Berengar nur auf deutsch sagte: »Dem da nach.«

XXIV

In ›Diving A Trumpet In The Swimming-Pool‹ wird eine Autoverfolgungsjagd geschildert, die, wenn man den Meinungen der Kritiker glauben darf, so plastisch – wenngleich mit bewundernswert wenigen Strichen – geschildert ist, daß dem empfindlichen Leser in scharfen Kurven flau im Magen wird. (Daß Sergio das falsche Auto verfolgte, daß dann aber zufällig im falschen Auto die richtige Deborah Faramund – Schwester des Fregattenkapitäns – saß, und warum dieser unwahrscheinliche, unglaubliche Zufall nur scheinbar ein solcher war, in Wirklichkeit . . . aber das führte hier zu weit, das alles also spielte bei der Rasanz der Schilderung gar keine Rolle.) Als John Huston das Buch verfilmte, stürzte er sich, wie nicht anders zu erwarten, mit besonderer Inbrunst und unter Aufwendung all seiner Regiekünste und Filmtricks auf diese Verfolgungsjagd, die dadurch – was natürlich nicht im Sinn der literarischen Proportionen lag – ein unverantwortliches Übergewicht bekam. Aber abgesehen davon, erschien allen Kinobesuchern, die Fenix' Buch wirklich gelesen hatten, die Filmversion der Verfolgungsjagd als eine matte Sache gegenüber der Schilderung im Buch.

Berengars Verfolgung – oder besser gesagt: seines Taxifahrers Verfolgung – des vermeintlichen Florious Fenix reichte nicht im entferntesten an die Jagd in ›Diving A Trumpet In The Swimming-Pool‹ heran, nicht einmal an die Verfilmung. Der Verkehr stockte nämlich ständig. Man rückte nur zögernd vor. Je näher man der Stadt kam, desto schlimmer wurde es. Der Fahrer und Berengar verloren den flaschengrünen Jaguar nie mehr als zwei, drei Autolängen aus den Augen. Die Stauung hatte auch den Vorteil, daß die Tatsache der Verfolgung, nämlich daß das Taxi ständig hinter dem Jaguar herfuhr, überhaupt nicht auffiel.

An der Piazza Barberini hielt der Jaguar vor dem Bienenbrunnen. Sofort bildete sich ein noch komplizierteres Knäuel von Auto. Eine Fontäne von Hupsignalen spritzte zum dämmernden Abendhimmel und zu den fahlen Lampen empor. Pagenandt – der vermeintliche Fenix – stieg aus. Berengar schrie: »Zahlen« und warf dem Fahrer, der ohnedies im Knäuel stehenbleiben mußte, einen großen Schein zu – so wie Sergio im Film – und sprang aus dem Wagen, wobei er fast, allerdings nur fast überfahren wurde.

XXV

Er sei, hieß es, Ingenieur gewesen. Er habe, hieß es weiter, eine russische Großmutter gehabt, daher sein Vorname Dmitrij, italienisch: Demetrio. Nach der Perestrojka in der ehemaligen Sowjetunion habe er, hieß es weiter, von einem Vetter erfahren, daß ihm, Demetrio oder Dmitrij, vor nunmehr vierzig Jahren ein Bett testamentarisch vermacht worden sei. (Nach anderen Lesarten: eine Trompete.) Erst jetzt, nach den politischen Wendungen in der Sowjetunion, sei es möglich, das Legat auszuführen. Das Bett – oder: die Trompete – sei unterwegs.

Die Zollformalitäten, in Italien an sich schon eine nahezu unüberwindliche Schranke, gerieten angesichts der komplizierten Umstände und da alles in kyrillischen Buchstaben geschrieben war, zu einem derartigen Stacheldrahtgewirr von bürokratischem Terror, daß Demetrio oder Dmitrij in Wahnzustände verfiel. Als endlich – Demetrio war bereits entmündigt – dem Vormund, einem

Advocaten namens Diomedo Martini, mitgeteilt wurde, daß das Bett – oder die Trompete – endlich abgeholt werden könne, waren durch die endlos lange Zeit, die das alles in Anspruch genommen hatte, Lagergebühren in Höhe von umgerechnet 45 000 DM aufgelaufen. Als Demetrio das erfuhr, wurde er vollends irrsinnig.

Seitdem lebte er in einer Baracke im Garten eines Klosters. (Geschlossene Anstalten für Geisteskranke gibt es in Italien nicht mehr; man hat sie vor Jahren als menschenunwürdig abgeschafft. Es ist selbstredend etwas Wahres dran, an dieser Menschenunwürdigkeit. Aber alles in allem wirkt die Argumentation so, als ob man dem Hinkenden nur die Krücken wegzunehmen brauche, damit er wieder grade gehen kann.) Die Schwestern hängten Demetrio seinen Paß und sein Entmündigungsdokument in einer Klarsichtfolie um den Hals und einen Zettel mit der Bitte, den Mann, falls er sich verlaufe, zu der und der Adresse, nämlich des Klosters, zurückzubringen.

Demetrio begab sich mit der Pünktlichkeit eines Buchhalters um neun Uhr auf die Piazza Barberini, um die Nachrichten zu empfangen. Er empfing nämlich Nachrichten: aus dem Weltall. Er ging auf Empfang – *all'onda* auf italienisch, weshalb Demetrio bald »l'uomo all'onda« hieß; es erschien sogar einmal ein Artikel in der Zeitung über ihn – und der Empfang ließ sich nur auf der Piazza Barberini bewerkstelligen. Die Piazza Barberini hat – wie mehrere römische Plätze – den Charakter eines Hurrikans, was den Verkehr angeht: außen tost er, in der Mitte liegt das Hurrikan-Auge, das bekanntlich unbewegt und ruhig ist. Das Hurrikan-Auge im Barberini-Fall ist ein großer, gepflasterter, leicht abschüssiger Fleck von ungefähr birnenförmigem Grundriß. Das dicke Ende der Birne zeigt zum Hotel *Bernini Bristol,* das schmale zur Via del Tritone, dort steht Berninis meisterlicher Tritonenbrunnen und dort, im ruhigen Auge des Verkehrslärms, empfing Demetrio die Wellen aus dem Universum.

Was auf den ersten Blick auffiel, war nicht die Ungewöhnlichkeit, sondern eher die sozusagen Gewöhnlichkeit, die scheinbare Normalität Demetrios. Er war immer zivilisiert, ja fast penibel sauber gekleidet, im Anzug, mit Hemd und Krawatte, manchmal sogar mit Weste. Erst auf den zweiten Blick fiel die umgehängte Erkennungsmarke auf und daß er immer einen Kopfhörer trug (für die Wellen aus dem All, versteht sich), oft ein Stirnband, manchmal mit einer Feder wie ein Indianer. Er sprang vor dem Tritonenbrunnen hin und her, dirigierte mit einem Stab den ihn umbrausenden Verkehr, lachte und sang, schrie aufmunternde Worte oder – meist leider vom

Verkehrslärm geschluckte – allgemeine Lebenshilfen zu den Passanten hinüber. Auf der birnenförmigen Mittelfläche fand sich ja nur selten ein Passant, denn es führt keine Fußgängerfurt dorthin, und ohne diese ist man meist rettungslos verloren. Die Fläche um den Tritonenbrunnen gehörte also Demetrio allein. Ab und zu machte er am Geländer des Brunnens eine gymnastisch-tänzerische Figur, hielt sich lächelnd-schwebend in Balance oder vollzog gar einen Handstand.

Warum Pagenandt, als er den flaschengrünen Jaguar verließ (Pio fuhr unverzüglich weiter, bemerkte vom Folgenden nichts), nicht die Einmündung der Via Veneto überquerte und sich in die Via del Tritone begab, wie er – so sagte er zuletzt zu Pio – vorgehabt, sondern unsinnigerweise versuchte, die Fahrbahn hin zu Demetrios Wellen-Areal und dem Tritonenbrunnen zu überqueren, wird nie jemand erfahren. Hat der *Uomo all'onda* dem Drogisten Pagenandt gewunken? oder hat Pagenandt nur einen gestischen Scherz Demetrios als für ihn bestimmten Wink empfunden? oder wollte er einfach den Marmor des Tritonenbrunnens berühren?

Pagenandt konnte einem Fiat älteren Baujahres ausweichen, geriet vor einen Omnibus der Linie 62, den der Fahrer scharf bremste, machte einen Sprung seitlich, dann zurück, der Omnibus fuhr wieder an, da lief Pagenandt doch nach vorn, der Omnibusfahrer bremste wieder, Pagenandt machte einen Satz knapp um die vordere linke Ecke des Omnibus herum und wurde unverzüglich von einem scharf links am Omnibus vorbeifahrenden Lastwagen erfaßt, der den Drogisten mehrere Meter weit nach vorn schleuderte. Eine ältere Dame, die im Omnibus saß und später als Zeugin vernommen wurde, legte Wert darauf, daß ihr das Kleidungsstück »Keppermantel« aus ihrer Jugend geläufig sei. Im übrigen gab sie zu Protokoll, daß der Verunglückte »wie eine Puppe aus Raum und Zeit geflogen« sei, daß der Kleppermantel sich gebauscht habe wie ein Segel und daß ihr, der Zeugin, klar gewesen sei, daß der Mann tot war, bevor er noch auf das Pflaster aufschlug.

Berengar, der wenige Augenblicke nach dem Jaguar an der Piazza Barberini eintraf, hatte eben den Fahrpreis entrichtet und sah, die Brieftasche noch in der Hand, den grausigen Vorfall.

Berengar schrieb in der ›Zeit‹ einen Artikel von stiller Trauer. »Um die Würde beim Tod eines – wie ich wohl sagen darf – Freundes hat es eine eigene Bewandtnis, wenn dieser Freund einer der größten Dichter unseres Jahrhunderts war ...«, fing der Artikel an. Er endete: »... das sinnlose Opfer, das das Leben hier brachte, erschöpft sich nicht in verhangen-heroischen Symbolen. Was mag es bedeuten, daß ich der letzte seiner Freunde war, der ihn gesprochen hat? Daß ich es war, der den Augenblick erleben mußte, der das Ruder des Jahrhunderts in die Tiefe riß?«

»Natürlich geht auch mir der Tod von Fenix nahe, weil ich seine Bücher gelesen habe«, sagte Sergio Kreisler später im Café *Kulisse*, »weswegen ich die Vokabel *komisch* in dem Zusammenhang nicht gern in den Mund nehme: aber irgend etwas kommt mir komisch vor mit Berengar und Fenix' Tod.«

Berengar antwortete nicht, als ihm das hinterbracht wurde. Er redete, seit ihn die Augenzeugenschaft an Fenix' Tod, wenn man so sagen darf, wie eine Aura umwehte, mit Leuten wie Sergio Kreisler nicht mehr.

XXVI

Pagenandt hatte keinen Paß dabei gehabt. Berengar machte sich wichtig, als die Polizei eintraf. Seine über die Sprachgrenze hinweg nunmehr wieder voll leuchtende Bedeutsamkeit von Stimme und Blick, die kernige Geste, mit der er eine Zigarette aus der Schachtel stieß und in den kernigen Mund steckte, beeindruckte die Polizisten.

Berengar stellte die Weiche, daß aus dem toten Drogisten Pagenandt die Leiche Florious Fenix' wurde. So empfing denn auch eine respektvoll erschütterte Welt die Nachricht von Florious Fenix' Tod.

Über die amerikanische Botschaft, die auf Berengars durchblickenden Rat, der schon fast ein Befehl war, verständigt wurde, erfuhr Fenix von »seinem« Ableben. Er beließ es bei der Nachricht und regelte hinter den Kulissen alles.

Zu Pio sagte der Marchese Fioravanti: »Die Watte brauchen wir jetzt doch nicht. Wir packen die Uhren nicht ein, weil wir hier bleiben.« – »Gott sei Dank«, sagte Pio. »Und«, fügte Fioravanti hinzu, »wirf das Paket mit den Büchern auch gleich weg.«

XXVII

Der etwas ungenau »Protestantischer Friedhof« genannte Cimitero acattolico an der Pyramide des Cestius hat einen alten und einen neuen Teil. Im alten Teil, einem der romantischsten Plätze Roms, werden keine Toten mehr begraben. Seit vielen Jahren finden sich alle, die sich nicht zur katholischen Religion bekennen, im etwas nüchterneren, wenngleich dank der Zypressen und des Taxus immer noch stimmungsvollen neuen Teil zur letzten Ruhe versammelt. Die nüchterne Note erhält dieser neue Teil dadurch, daß aufgrund der Verfügung einer Behörde – niemand weiß, welche Behörde das ist; die Zuständigkeiten sind in Rom völlig undurchsichtig, es könnte ebenso gut das Eichamt wie das Ministerium für die Zivilschiffahrt sein – die Grabsteine gleich sein müssen: kleine Marmorvierecke, die am Boden liegen, als Inschrift sind nur der Name des Toten und die Lebensdaten gestattet. Es war für Fenix nicht ganz einfach gewesen, den Schwindel zu bewerkstelligen. Es gelang nur, weil sich Fenix dazu fand, die selbstverständlich absolut verschwiegene Oberin jenes Klosters in der Via Cassia einzuweihen, und zum Glück half das unwillentliche Entgegenkommen Frau Pagenandts, die keinen Wert darauf legte, die Leiche ihres Mannes nach Weiden in der Oberpfalz überführen zu lassen oder zum Begräbnis zu erscheinen. Sie schickte mit »Fleurop« einen Kranz. Auf dem Marmorviereck, das des Drogisten letzte Ruhestätte deckte, stand also: FLORIOUS F: FENIX. Frau Pagenandt hätte das Grab später nie gefunden, selbst wenn sie es gesucht hätte. »Warum sollte sie hinfahren«, sagte Frau Friseurin Schlopp, »ich bitte Sie, hat der

Verstorbene etwas davon, wenn man Unkosten macht?«

Aber Harro Berengar fand natürlich das Grab bei seinem nächsten Besuch in Rom. Er kaufte bei einem schwarzen Straßenhändler, der ansonsten die Autofahrer an der Piazza Albania belästigt, einen in Plastikfolie eingewickelten Strauß von fünf gelben Nelken und fuhr hinaus zum Cimitero acattolico, legte die Nelken auf den Stein und stand ein paar Minuten in stillem Gedenken. Dann fuhr er ins *Caffè Greco*.

XXVIII

Es hatte einen Grund, daß Harro Berengar einige Monate nach Florious Fenix' vermeintlichem Tod wiederum, und zwar diesmal sogar auf eigene Kosten, nach Rom fuhr: nicht nur, um das Grab von Fenix zu besuchen, sondern wegen des *Antico Caffè Greco* oder, besser gesagt, wegen dessen sehr berühmten Gästebuchs. Das Goethe-Institut hatte auf Berengars intensives Brief-Bombardement hin bei der deutschen Botschaft so lange gebohrt, bis der Kulturattaché ins *Caffè Greco* ging und den Kellner Carmine davon überzeugte, daß Signor Berengar eine genügend bedeutende Persönlichkeit sei, um seinen Namenszug in das durch zahlreiche andere Namenszüge geheiligte Gästebuch zu setzen.

Berengar hatte sich den Akt feierlicher vorgestellt: irgend etwas mit Lorbeer und silbernem Tablett und vielleicht einem Gläschen Champagner. Aber der Kulturattaché, den es schon genervt hatte, daß er wegen eines noch dazu westpreußischen Dichters viermal ins *Caffè Greco* hatte gehen müssen, avisierte Berengar lediglich telephonisch, und der Kellner Pietro brachte schlicht, wenngleich freundlich, das Buch und fragte, ob er dem Gast einen Kugelschreiber leihen solle. Berengar winkte ab, zog den Mund etwas zusammen und schrieb:

»Dem Spätgeborenen bleibt als Trost nur: die Summe der Zeit. Harro Berengar.« (Wieder einmal seufzte der Dichter weit innerlich, daß das Schicksal ihm nicht das geringste, winzige »von« zugestanden hatte.)

Am nächsten der kleinen Marmortische saß ein hagerer Mann, der das Gesicht nach außen an seinen Kopf stülpte und zwar dezent, aber neugierig hinüberschaute.

Berengar redete den Mann auf englisch an: »Es ist das Gästebuch; es werden nur berühmte Gäste gebeten, ihren Namen hineinzusetzen. Goethe, Sie verstehen, und so. Ich bin Harro Berengar.«

»Oh«, sagte der Hagere.

»Sie kennen wahrscheinlich die englische Übersetzung meiner Werke?«

»Gewiß, gewiß«, sagte der Hagere, auch auf englisch, »wie war Ihr Name?«

»Berengar. Harro Berengar. Man nennt mich gelegentlich den *westpreußischen James Joyce*.«

Der Hagere dachte scharf nach und nahm solange sein Gesicht tief in den Kopf zurück. Gleichzeitig aber nippte er von seinem Kaffee.

»Be…?« sagte er dann und brach sich dabei fast die Zunge, »Berengar?«

»Korrekt«, sagte Berengar.

»Dann waren Sie ein Freund von Mr. Fenix?«

Eine Wonnewelle aus goldenem Licht hob Berengar bis kurz unter den Plafond des *Caffè Greco*, trug ihn hinaus in den porzellanblauen Himmel der Ewigen Stadt, umfächelte ihn mit kühler Silberluft, setzte ihn auf den Stufen des marmorstrahlenden Jupiter-Tempels auf dem Capitol nieder, wo ein völlig unbekleideter Jüngling ihm einen Kranz aus Lorbeer aufsetzte. –

»Ach«, sagte Berengar und verfügte seinen bedeutendsten Zug um sein Auge, »das hat sich schon so weit herumgesprochen?«

Der hagere Herr nickte. –

Berengar traf ihn dann noch ein paarmal im *Caffè Greco*. Meist war der Herr schon da, wenn Berengar kam, einmal aber war sein Stammplatz frei.

Es gibt im *Caffè Greco* einen Mann, der, was nicht despektierlich gemeint ist, zur Einrichtung gehört. Das ist Maestro Stellario, der Maler vom *Caffè Greco*. Er sitzt oft dort, meist im ersten Raum, und malt. Man braucht nicht zu befürchten, daß Aufdringlichkeiten vorfallen: Maestro Stellario hat es nicht nötig, Gäste zu belästigen. Eher ist Gegenteiliges der Fall. Maestro Stellario muß gebeten werden, wenn ein Gast die Ehre haben will, von ihm portraitiert zu werden. Stellario weiß alles, was im *Caffè Greco* vor sich geht.

»Der hagere Herr?« sagte Stellario. Die Unterhaltung wurde mühsam auf italienisch geführt. »Das ist der Marchese.«

»Er ist seit Jahren im *Caffè Greco*?«

»O nein. Er ist erst vor zwei Monaten aufgetaucht. Seitdem aber kommt er so gut wie jeden Tag.«

Da kam Fioravanti, der Stellario freundlich grüßte, das Gesicht aber etwas zurücknahm.

Berengar redete ihn sogleich mit »Signor Marchese« an.

Fioravanti erkannte sofort, daß Berengar das für einen Familiennamen hielt.

»Verzeihung, ach ja«, brummte Fioravanti, »ich habe mich nicht vorgestellt. Aber wenn man nur so ins Gespräch kommt . . .«

»Ich bitte Sie«, sagte Berengar, »ist doch nicht

der Rede wert. Und unser Gespräch über Florious Fenix war wichtiger.«

Das war alles am letzten Tag von Berengars Aufenthalt in Rom. Sein Koffer stand schon gepackt im Gästezimmer des Goethe-Instituts, damit Berengar später den Nachtzug nehmen konnte.

»Und Florious Fenix hat in den ganzen Jahren nichts mehr veröffentlicht?«

»Nein«, sagte Berengar, »nichts mehr.«

»Und auch nichts hinterlassen?«

»Sein Nachlaß, hm, also zu seinem Nachlaß hat man keinen Zugang. Auch seine besten Freunde, seine *wenigen* Freunde, besser gesagt, nicht. Nicht einmal ich.«

»Und seine Villa?« fragte der Hagere hinterhältig.

»Da hat wohl der Verlag seine Hand drauf oder irgendwelche Erben. Ich weiß nicht. Ich war nicht draußen. Es hätte mich geschmerzt. Sie verstehen.«

(Das war eine platte Lüge. Dreimal war Berengar in Tivoli gewesen. Es war ihm nicht gelungen, Pios treue Wacht zu überwinden. Einen plumpen Bestechungsversuch hatte Pio mit einer Ohrfeige durch das Gittertor hindurch beantwortet. Fenix hatte die Szene von oben beobachtet und sich gewundert, daß sein Fluch nicht mehr bewirkt hatte.)

»Vielleicht«, sagte dann der Marchese, lehnte sich nach vorn und zog sein Gesicht nach innen in den Kopf zurück, »vielleicht liegt ein Manuskript dort auf dem Schreibtisch ...«

»Woher wissen Sie das?«

»Vielleicht, sagte ich, ich vermute nur. Oder es liegt in einem Schrank, in einem Schrank seitlich des Schreibtisches. Vielleicht, ich vermute das nur, und vielleicht handelt es sich um einen Mahagoni-Schrank mit Messingknöpfen. Das Manuskript ist ein großes Bündel von Blättern, die er in den fast dreißig Jahren vollgeschrieben hat, die vergangen sind, seit er sich von der Welt zurückgezogen hat. Ich denke mir das nur so, verstehen Sie, ich habe ihn ja nicht gekannt –«

»Waren Sie aber wohl in der Villa?« fragte Berengar mißtrauisch.

»Nie im Leben. Man weiß doch, daß er keine Besuche empfängt. Besser gesagt: empfangen hat. Vielleicht heißt der Roman ›An Enthusiast Of Odd Numbers‹.«

»Der Titel wäre nicht out of character«, sagte Berengar.

»›An Enthusiast Of Odd Numbers‹«, sagte der Marchese, »und niemals wird irgend jemand das Buch lesen, obwohl es – ich stocke ... wie soll ich sagen? – der größte Roman aller Zeiten ist. Ein blasser Ausdruck.«

»Warum«, fragte Berengar, »sollte irgend jemand die Ungeraden Zahlen den Geraden vorziehen?«

»Das ist nicht mehr als logisch. Das Gerade ist krumm, weil es das Gerade eigentlich nicht gibt. Zeigen Sie mir in der Natur *eine* gerade Linie!? Und die ungeraden Zahlen regieren die Welt. Denken Sie an die Dreieinigkeit und die Sieben Todsünden, die Neun Musen und die Elf Apostel. Drei, Sieben, Elf sind noch dazu Primzahlen.«

»Aber es waren zwölf Apostel.«

»Hätte man von vornherein auf den Judas verzichtet, wäre alles anders gekommen. Nein, nein, ich lasse es mir nicht nehmen, die ungeraden Zahlen bilden das Gerüst und das Geheimnis der Welt. Und das hat Florious Fenix gewußt. Und das hat er – verstehen Sie, ich phantasiere nur so vor mich hin, ich kann es ja nicht wissen – in seinem Roman ausgebreitet.«

»Was hilft es«, sagte Berengar, »wenn ihn niemand liest?«

»Das ist die Frage. Gibt es ein Buch nicht, nur weil es nie jemand gelesen hat?«

»Sie meinen, so ein Buch strahlt geheime Strahlen aus, die –«

»Das Buch hatte«, sagte der Marchese, »vielleicht für Fenix einfach nur die Bedeutung, *geschrieben* zu werden, ohne daß es je gelesen wird? Finanziell hatte er es ja nicht mehr nötig, irgendeine Zeile zu veröffentlichen.«

»Also ich«, sagte Berengar, »lege schon Wert darauf, daß meine Arbeiten gedruckt werden.«

»Richtig – auch Sie sind ja ein Schriftsteller, das hatte ich vergessen.«

»Aber warum sollte er ein Interesse daran gehabt haben, das Buch nicht zu veröffentlichen?«

»Ich bin kein Schriftsteller«, sagte der Marchese und entfaltete jetzt einen gewissen Teil seines Gesichts vorn am Kopf, »ich rede also wie der Blinde von der Farbe. Der Schriftsteller ist dadurch korrumpiert, daß er an den Leser denkt. Er denkt an den Leser, glauben Sie mir. Zumindest hinter seinem Rücken denkt er an ihn. Kennen Sie die Stelle, in der Dedalus Nahum – ich glaube, in einer der Geschichten von ›Eleven Tales‹, in ›The Billfish Takes Note Of Normality‹ – der ungeheuer klugen Clara Pearl auseinandersetzt, warum er kein Tagebuch führt?«

»Im Moment habe ich die Stelle nicht präsent«, sagte Berengar.

»Er habe Höllenqualen gelitten, läßt Florious Fenix seinen Dedalus Nahum dozieren, er habe aus der Haut fahren können, er habe sich selber als Pfahl in die Erde treiben mögen: es sei ihm schlichtweg nicht möglich gewesen, beim Schreiben seines Tagebuches *nicht* daran zu denken, daß es nicht doch irgendwann einmal veröffentlicht wird.«

»Jetzt kann ich mich an die Stelle erinnern«, log Berengar.

»Es sei ihm gelungen, sagt Dedalus Nahum, wenigstens den Zeitpunkt der Veröffentlichung im Geist hinauszuschieben. Bis zu seinem zweihundertsten Todestag. Da – so Dedalus Nahum – habe er dann schon in einem anderen Stil geschrieben. Ehrlicher, wenn man so will.«

»Ich kann mich an die Stelle erinnern«, sagte Berengar, »aber so ausführlich steht das dort nicht.«

»Es ist gewissermaßen Interpretation von mir«, sagte der Marchese, »und ich könnte mir denken, daß Fenix in seinem ›Enthusiast Of Odd Numbers‹ den Gedanken weiter ausgeführt hat. Ist Ihnen übrigens aufgefallen, daß Dedalus Nahum immer nur auf ungeraden Seiten der ›Eleven Tales‹ auftritt?«

»Nein ...«, sagte Berengar.

»Als Dedalus Nahum die Zeitspanne auf dreihundert Jahre hinauszudehnen gelungen war, schrieb er schon fast so, wie er *wirklich* schreiben wollte. Er entrindet seinen Stil von der Kruste der Leseraugen.«

»Steht *der* Satz bei Fenix?«

»Ich weiß nicht«, sagte der Marchese, »ich denke doch. Ja – nun, aber es ganz zu entrinden ist Dedalus Nahum nicht gelungen. Deshalb vernichtete er alles wieder und schrieb kein Tagebuch mehr.«

»Aber andere Bücher schrieb er.«

»Ja, schon. Ich nenne das auch nur als Beispiel oder, besser gesagt, als Erläuterung. Vielleicht wollte Florious Fenix durch die absolute Unmöglichkeit, daß je ein Leser die Zeilen seines ›Enthusiast Of Odd Numbers‹ befleckt, zu einem wirklich wahren Buch kommen?«

»Warum hat er es dann geschrieben? und nicht nur gedacht?«

»Weil eine Kuh Milch geben muß.«

Berengar lachte.

»Ein Zitat«, sagte der Marchese, »nicht von mir, auch nicht von Fenix.«

»Und warum hat er es dann nicht verbrannt?«

»Vielleicht hat ihn sein plötzlicher Tod, der Tod durch den Unfall, den Sie miterlebt haben, daran gehindert.«

»Hm«, sagte Berengar, »das ist fast schon wieder eine Geschichte –«

»Florious Fenix könnte sie geschrieben haben«, sagte der Marchese, zog aber gleichzeitig eine merkwürdige Taschenuhr und winkte dem Kellner um die Rechnung. »Ich muß mich verabschieden«, sagte er dann, »wir sehen uns wieder?«

»Vorerst nicht«, sagte Berengar, »ich reise heute ab.«

»Dann verabschiede ich mich«, sagte der Marchese, »ich wünsche gute Reise. Es hat mich gefreut, Sie kennenzulernen.«

Der Marchese ging. Nach einigen Sekunden sprang Berengar auf und rannte ihm nach bis auf die Via Condotti hinaus. »Hier, meine Karte!« rief Berengar.

»Oh, danke«, sagte der Marchese, steckte Berengars Karte ein und kramte, mit stark zurückgenommenem Gesicht, in verschiedenen Taschen seines Anzugs.

Der Kellner Pietro trat auf die Straße und musterte die beiden, weil er befürchtete, Berengar wolle die Zeche prellen.

»Hier –«, der Marchese gab Berengar eine Visitenkarte, verbeugte sich leicht, entrollte für einen Augenblick sein Gesicht vorn am Kopf und ging dann in Richtung der Piazza di Spagna davon.

Berengar trat langsam – zur Beruhigung des Kellners – ins Caffè zurück und bestellte noch einen Campari-Orange. Dann schaute er auf die Karte. Es war die Visitenkarte eines Lampengeschäftes an der Piazza S. Lorenzo in Lucina. Kein Wort von einem Marchese. Berengar schüttelte den Kopf.

Obwohl Berengar mit so einem wie Sergio Kreisler nicht mehr redete, ließ es sich bei einer Gelegenheit, die für Berengar eher peinlich war, nicht vermeiden, daß Kreisler von dieser seltsamen Visitenkartenangelegenheit erfuhr. Kreisler hatte einen der dürftigsten Literaturpreise bekommen (»– eher eine soziale Unterstützung«, sagte Berengar), und bei der Preisverleihung zu fehlen, die immerhin ein gewisses literarisches Ereignis war, brachte Berengar doch nicht über sich, zumal es sich herumgesprochen hatte, daß es anschließend nicht nur ein Buffet, sondern ein sogenanntes »gesetztes warmes Essen« gab. (Die Kosten dafür waren höher als die Preissumme.)

Berengar, der *westpreußische James Joyce*, »der geistige Erbe Florious Fenix'«, wie er die maßgeblichen Literaturkritiker gebeten hatte, ihn hinkünftig zu apostrophieren, brillierte und erzählte die Geschichte vom zerstreuten Signor Marchese und der falschen Visitenkarte.

»Sie scheinen«, sagte Sergio Kreisler, der an dem Tag trotz der Dürftigkeit des Preises ein gewisses Oberwasser verspürte, »Ihren literarischen Adoptivvater nicht genau zu kennen.«

»So«, sagte Berengar kurz, ohne sich mehr als etwa fünfzehn Grad zu Kreisler zu wenden.

»Ja, doch«, sagte Kreisler, »Enzor Faramund in ›Swan-like Arrival‹ macht das ständig. Er sammelt Visitenkarten, um sie als seine eigenen zu verteilen. Das ist doch sogar die entscheidende Stelle, wo Faramund eben die Visitenkarte eines Bestattungsunternehmens bekommen hat, das er betreten hatte, nur um sich nicht die aufgegangenen Schnürsenkel auf offener Straße zubinden zu müssen, und wie er zwei Stunden später den widerwärtigen Maler Tiff Trevz kennenlernt, reicht er ihm quasi als seine eigene die Visitenkarte des Leichenbestatters, was zu den entsetzlichen Folgen führt –«

»Ich weiß, ich weiß«, sagte Berengar, »aber der Marchese hat mir nicht die Visitenkarte eines Beerdigungsunternehmens, sondern die eines Lampengeschäftes gegeben. Aber es ist ohnehin alles Geschwätz, was der Mann sagt. Er hat Fenix überhaupt nicht gekannt.«

»Aber«, sagte Kreisler ganz langsam und sehr deutlich, »an die Ohrfeige erinnern Sie sich, die Sie durch ein Gittertor hindurch bekommen haben?«

Berengar war es, als sinke er in grünen Käse. »Woher ...«, sagte er, aber er kam nicht weiter. Er mußte hinausgetragen werden. Vier Wochen lang streckte ihn eine Krankheit von dämonischer Unappetitlichkeit aufs Lager, und, was schlimmer war, sein im Jahr darauf veröffentlichter Bericht darüber: ›Leid-Gefälle‹ erfuhr harsche, ja sogar kalte Aufnahme bei der Kritik. Florious Fenix' Fluch?

Berengar war nur noch mit vorgestülptem Mund zu sehen, fast so mißmutig blickend wie der Drogist Pagenandt, der zu der Zeit lang schon unter einer Marmorplatte in der römischen Erde ruhte.

In der gleichen augenfreundlichen Schrift
bei dtv erschienen:

Viele schöne Tage
Ein Lesebuch
Zusammengestellt von Helga Dick
und Lutz-W. Wolff
dtv 25126

Vierzehn ungewöhnliche Erzählungen.

»Schöne Tage – man wünscht sie anderen, und man wünscht sie sich selbst. Manche schönen Tage scheinen vorprogrammiert: Hochzeiten, Jubiläen, Geburtstage und natürlich der Urlaub. Aber wer sich selbst besser kennt, weiß auch, daß es oft die unauffälligen Stunden sind, die Glück und Zufriedenheit ausmachen, die seltsame Begegnungen und Überraschungen bringen und am Ende das Leben verändern. Einige dieser Augenblicke sind hier festgehalten von Madison Smartt Bell, Heimito von Doderer, Barbara Frischmuth, Peter Härtling, Marlen Haushofer, Franz Hohler, Hanna Johansen, Marie Luise Kaschnitz, Roland Koch, Siegfried Lenz, Margriet de Moor, Isabella Nadolny, Herbert Rosendorfer und Christa Wolf.

In der gleichen augenfreundlichen Schrift
bei dtv erschienen:

Lach doch wieder!

Geschichten, Anekdoten,
Gedichte und Witze

Zusammengestellt von
Helga Dick und Lutz-W. Wolff
dtv 25137

Es kann schon mal vorkommen, daß einem das Lachen vergeht. Wichtiger ist allerdings, daß es wieder zurückkommt! Lachen und Weinen gehören zusammen, und ein bißchen Galgenhumor ist allemal besser als Selbstmitleid und Verzweiflung. Geben doch, wie die hier versammelten Geschichten, Anekdoten, Gedichte und Witze beweisen, die Gründe für unser Unglücklichsein oft genug auch zur Heiterkeit Anlaß. Es geht uns besser, wenn wir zu den Dingen und zu uns selbst ein bißchen Distanz haben, das zeigen Peter Bamm, Erma Bombeck, Ilse Gräfin von Bredow, Art Buchwald, Sinasi Dikmen, Trude Egger, Lisa Fitz, Axel Hacke, Ursula Haucke, Johann Peter Hebel, Elke Heidenreich, Inge Helm, Irmgard Keun, Siegfried Lenz, Christian Morgenstern, Christine Nöstlinger, Alexander Roda Roda, Herbert Rosendorfer, Eugen Roth, Hans Scheibner, Michail Sostschenko, Phyllis Theroux, Ludwig Thoma und Kurt Tucholsky.

Herbert Rosendorfer im dtv

»Er ist der Buster Keaton der Literatur.«
Friedrich Torberg

Das Zwergenschloß und sieben andere Erzählungen
dtv 10310

Vorstadt-Miniaturen
dtv 10354

Briefe in die chinesische Vergangenheit
Roman
dtv 10541 und
dtv großdruck 25044
Ein chinesischer Mandarin aus dem 10. Jahrhundert gelangt mittels Zeitmaschine in das heutige München und sieht sich mit dem völlig anderen Leben der »Ba Yan« konfrontiert ...

Stephanie und das vorige Leben
Roman · dtv 10895

Königlich bayerisches Sportbrevier
dtv 10954

Die Frau seines Lebens und andere Geschichten
dtv 10987

Ball bei Thod
Erzählungen
dtv 11077

Vier Jahreszeiten im Yrwental
dtv 11145

Eichkatzelried
dtv 11247

Das Messingherz oder Die kurzen Beine der Wahrheit
Roman · dtv 11292
Der Dichter Albin Kessel wird eines Tages vom Bundesnachrichtendienst angeworben. Allerdings muß er immer an Julia denken ...

Bayreuth für Anfänger
dtv 11386

Der Ruinenbaumeister
Roman
dtv 11391
Schutz vor dem Weltuntergang: Friedrich der Große, Don Giovanni, Faust und der Ruinenbaumeister F. Weckenbarth suchen Zuflucht.

Herbert Rosendorfer im dtv

Der Prinz von Homburg
Biographie
dtv 11448
Gescheit, anschaulich, genau, dennoch amüsant und unterhaltend schreibt Rosendorfer über diese für Preußen und Deutschland wichtige Zeit.

Ballmanns Leiden oder Lehrbuch für Konkursrecht
Roman
dtv 11486

Die Nacht der Amazonen
Roman
dtv 11544
Die Geschichte Christian Webers, Pferdeknecht aus Polsingen, »alter Kämpfer« und Duzfreund Adolf Hitlers, ist das Satyrspiel zur Apokalypse der Nazizeit.

Herkulesbad/Skaumo
dtv 11616

Über das Küssen der Erde
dtv 11649

Mitteilungen aus dem poetischen Chaos
dtv 11689

Die Erfindung des SommerWinters
dtv 11782

... ich geh zu Fuß nach Bozen und andere persönliche Geschichten
dtv 11800

Die Goldenen Heiligen oder Columbus entdeckt Europa
Roman · dtv 11967
Östlich von Paderborn: Außerirdische landen in Deutschland, und unaufhaltsam bricht die Zivilisation, unterwandert von der Heilssüchtigkeit der Menschen, zusammen.

Der Traum des Intendanten
dtv 12055

Ein Liebhaber ungerader Zahlen
Roman · dtv 12307 und dtv großdruck 25152

Don Ottavio erinnert sich
Unterhaltungen über die richtige Musik
dtv 12362